江湖行

（上）

徐訏文集

小說卷

目次

導言　徬徨覺醒：徐訏的文學道路

「個人的苦悶不安，徬徨無依之感，正如在大海狂濤中的小舟。」[1]

——徐訏〈新個性主義文藝與大眾文藝〉

陳智德

在二十世紀四、五十年代之交，度過戰亂，再處身國共內戰意識形態對立夾縫之間的作家，應自覺到一個時代的轉折在等候著，尤其在當時主流的左翼文壇以外，被視為「自由主義作家」或「小資產階級作家」的一群，包括沈從文、蕭乾、梁實秋、張愛玲、徐訏等等，一整代人在政治旋渦以至個人處境的去與留之間徘徊，最終作出各種自願或不由自主的抉擇。

[1] 徐訏〈新個性主義文藝與大眾文藝〉，收錄於《現代中國文學過眼錄》，台北：時報文化，一九九一。

一

一九四六年八月，徐訏結束接近兩年間《掃蕩報》駐美特派員的工作，從美國返回中國，直至一九五〇年中離開上海奔赴香港，在這接近四年的歲月中，他雖然沒有寫出像《鬼戀》和《風蕭蕭》這樣轟動一時的作品，卻是他整理和再版個人著作的豐收期，他首先把《風蕭蕭》交給由劉以鬯及其兄長新近創辦起來的懷正文化社出版，據劉以鬯回憶，該書出版後，「相當暢銷，不足一年，（從一九四六年十月一日到一九四七年九月一日），印了三版」[2]，其後再由懷正文化社或夜窗書屋初版或再版了《阿剌伯海的女神》（一九四六年初版）、《烟圈》（一九四六年初版）、《蛇衣集》（一九四八年初版）、《幻覺》（一九四八年初版）、《四十詩綜》（一九四八年初版）、《兄弟》（一九四七年再版）、《母親的肖像》（一九四七年再版）、《生與死》（一九四七年再版）、《春韮集》（一九四七年再版）、《一家》（一九四七年再版）、《海外的鱗爪》（一九四七年再版）、《舊神》（一九四七年再版）、《成人的童話》（一九四七年再版）、《西流集》（一九四七年再版）、潮來的時候（一九四八年再版）、《黃浦江頭的夜月》（一九四八年再版）、《吉布賽的誘惑》（一九四九再版）、《婚

2 劉以鬯〈憶徐訏〉，收錄於《徐訏紀念文集》，香港：香港浸會學院中國語文學會，一九八一。

事》（一九四九年再版），[3]粗略統計從一九四六年至一九四九年這三年間，徐訏在上海出版和再版的著作達三十多種，成果可算豐盛。

《風蕭蕭》早於一九四三年在重慶《掃蕩報》連載時已深受讀者歡迎，一九四六年首次結集成單行本出版，沈寂的回憶提及當時讀者對這書的期待：「這部長篇在內地早已是暢銷一時的名著，可是淪陷區的讀者還是難得一見，也是早已企盼的文學作品」[4]，當劉以鬯及其兄長創辦懷正文化社，就以《風蕭蕭》為首部出版物，十分重視這書，該社創辦時發給同業的信上，即頗為詳細地介紹《風蕭蕭》，作為重點出版物。徐訏有一段時期寄住在懷正文化社的宿舍，與社內職員及其他作家過從甚密，直至一九四八年間，國共內戰愈轉劇烈，幣值急跌，金融陷於崩潰，不單懷正文化社結束業務，其他出版社也無法生存，徐訏這階段整理和再版個人著作的工作，無法避免遭遇現實上的挫折。

然而更內在的打擊是一九四八至四九年間，主流左翼文論對被視為「自由主義作家」或「小資產階級作家」的批判，一九四八年三月，郭沫若在香港出版的《大眾文藝叢刊》第一輯發表〈斥反動文藝〉，把他心目中的「反動作家」分為「紅黃藍白黑」五種逐一批判，點名批評了沈從文、蕭乾和朱光潛。該刊同期另有邵荃麟〈對於當前文藝運動的意見——檢討．批

3 以上各書之初版及再版年份資料是據賈植芳、俞元桂主編《中國現代文學總書目》、北京圖書館編《民國時期總書目，一九一一—一九四九》。

4 沈寂〈百年人生風雨路——記徐訏〉，收錄於《徐訏先生誕辰100週年紀念文選》，上海：上海社會科學院出版社，二〇〇八。

判・和今後的方向〉一文重申對知識份子更嚴厲的要求，包括「思想改造」。雖然徐訏不像沈從文般受到即時的打擊，但也逐漸意識到主流文壇已難以容納他，如沈寂所言：「自後，上海一些左傾的報紙開始對他批評。他無動於衷，直至解放，輿論對他公開指責。稱《風蕭蕭》歌頌特務。他也不辯論，知道自己不可能再在上海逗留，上海也不會再允許他曾從事一輩子的寫作，就捨別妻女，離開上海到香港。」[5]一九四九年五月二十七日，解放軍攻克上海，中共成立新的上海市人民政府，徐訏仍留在上海，差不多一年後，終於不得不結束這階段的工作，在不自願的情況下離開，從此一去不返。

二

一九五〇年的五、六月間，徐訏離開上海來到香港。由於內地政局的變化，其時香港聚集了大批從內地到港的作家，他們最初都以香港為暫居地，但隨著兩岸局勢進一步變化，他們大部份最終定居香港。另一方面，美蘇兩大陣營冷戰局勢下的意識形態對壘，造就五十年代香港文化刊物興盛的局面，內地作家亦得以繼續在香港發表作品。徐訏的寫作以小說和新詩為主，來港後亦寫作了大量雜文和文藝評論，五十年代中期，他以「東方既白」為筆名，在香港《祖

5 沈寂〈百年人生風雨路——記徐訏〉，收錄於《徐訏先生誕辰100週年紀念文選》，上海：上海社會科學院出版社，二〇〇八。

國月刊》及台灣《自由中國》等雜誌發表〈從毛澤東的沁園春說起〉、〈新個性主義文藝與大眾文藝〉、〈在陰黯矛盾中演變的大陸文藝〉等評論文章，部份收錄於《在文藝思想與文化政策中》、《回到個人主義與自由主義》及《現代中國文學過眼錄》等書中。

徐訏在這系列文章中，回顧也提出左翼文論的不足，特別對左翼文論的「黨性」提出質疑，也不同意左翼文論要求知識份子作思想改造。這系列文章在某程度上，可說回應了一九四八、四九年間中國大陸左翼文論的泛政治化觀點，更重要的，是徐訏在多篇文章中，以自由主義文藝的觀念為基礎，提出「新個性主義文藝」作為他所期許的文學理念，他說：「新個性主義文藝必須在文藝絕對自由中提倡，要作家看重自己的工作，對自己的人格尊嚴有覺醒而不願為任何力量做奴隸的意識中生長。」[6]徐訏文藝生命的本質是小說家、詩人，理論鋪陳本不是他強項，然而經歷時代的洗禮，他也竭力整理各種思想，最終仍見頗為完整而具體地，提出獨立的文學理念，尤其把這系列文章放諸冷戰時期左右翼意識形態對立、作家的獨立尊嚴飽受侵蝕的時代，更見徐訏提出的「新個性主義文藝」所倡導的獨立、自主和覺醒的可貴，以及其得來不易。

《現代中國文學過眼錄》一書除了選錄五十年代中期發表的文藝評論，包括《在文藝思想與文化政策中》和《回到個人主義與自由主義》二書中的文章，也收錄一輯相信是他七十年代

[6] 徐訏〈新個性主義文藝與大眾文藝〉，收錄於《現代中國文學過眼錄》，台北：時報文化，一九九一。

寫成的回顧五四運動以來新文學發展的文章，集中在思想方面提出討論，題為「現代中國文學的課題」，多篇文章的論述重心，正如王宏志所論，是「否定政治對文學的干預」[7]，而當中表面上是「非政治」的文學史論述，「實質上具備了非常重大的政治意義：它們否定了大陸的文學史論述」[8]，徐訏所針對的是五十年代至文革期間中國大陸所出版的文學史當中的泛政治論述，動輒以「反動」、「唯心」、「毒草」、「逆流」等字眼來形容不符合政治要求的作家；所以王宏志最後提出《現代中國文學過眼錄》一書的「非政治論述」，實際上「包括了多麼強烈的政治含義」。這政治含義，其實也就是徐訏對時代主潮的回應，以「新個性主義文藝」所倡導的獨立、自主和覺醒，抗衡時代主潮對作家的矮化和宰制。

《現代中國文學過眼錄》一書顯出徐訏獨立的知識份子品格，然而正由於徐訏對政治和文藝的清醒，使他不願附和於任何潮流和風尚，難免於孤寂苦悶，亦使我們從另一角度了解徐訏文學作品中常常流露的落寞之情，並不僅是一種文人性質的愁思，而更由於他的清醒和拒絕附和。一九五七年，徐訏在香港《祖國月刊》發表〈自由主義與文藝的自由〉一文，除了文藝評論上的觀點，文中亦表達了一點個人感受：「個人的苦悶不安，徬徨無依之感，正如在大海狂

7 王宏志〈心造的幻影——談徐訏的《現代中國文學的課題》〉，收錄於《歷史的偶然：從香港看中國現代文學史》，香港：牛津大學出版社，一九九七。

8 同前註。

濤中的小舟。」[9]放諸五十年代的文化環境而觀，這不單是一種「個人的苦悶」，更是五十年代一輩南來香港者的集體處境，一種時代的苦悶。

三

徐訏到香港後繼續創作，從五十至七十年代末，他在香港的《星島日報》、《星島週報》、《祖國月刊》、《今日世界》、《文藝新潮》、《熱風》、《筆端》、《七藝》、《新生晚報》、《明報月刊》等刊物發表大量作品，包括新詩、小說、散文隨筆和評論，並先後結集為單行本，著者如《江湖行》、《盲戀》、《時與光》、《悲慘的世紀》等。香港時期的徐訏也有多部小說改編為電影，包括《風蕭蕭》（屠光啟導演、編劇，香港：邵氏公司，一九五四）、《傳統》（唐煌導演、徐訏編劇，香港：亞洲影業有限公司，一九五五）、《痴心井》（唐煌導演、王植波編劇，香港：邵氏公司，一九五五）、《鬼戀》（屠光啟導演、編劇，香港：麗都影片公司，一九五六）、《盲戀》（易文導演、徐訏編劇，香港：新華影業公司，一九五六）、《後門》（李翰祥導演、王月汀編劇，香港：邵氏公司，一九六〇）、《江湖行》（張曾澤導演、倪匡編劇，香港：邵氏公司，一九七三）、《人約黃昏》（改編自《鬼戀》，

[9] 徐訏〈自由主義與文藝的自由〉，收錄於《個人的覺醒與民主自由》，台北：傳記文學出版社，一九七九。

陳逸飛導演、王仲儒編劇，香港：思遠影業公司，一九九六）等。

徐訏早期作品富浪漫傳奇色彩，善於刻劃人物心理，如〈鬼戀〉、〈吉布賽的誘惑〉、〈精神病患者的悲歌〉等，五十年代以後的香港時期作品，部份延續上海時期風格，如《江湖行》、《後門》、《盲戀》，貫徹他早年的風格，另一部份作品則表達歷經離散的南來者的鄉愁和文化差異，如小說《過客》、詩集《時間的去處》和《原野的呼聲》等。

從徐訏香港時期的作品不難讀出，徐訏的苦悶除了性格上的孤高，更在於內地文化特質的堅守，拒絕被「香港化」。在《鳥語》、《過客》和《癡心井》等小說的南來者角色眼中，香港不單是一塊異質的土地，也是一片理想的墓場、一切失意的觸媒。一九五〇年的《鳥語》以「失語」道出一個流落香港的上海文化人的「雙重失落」，而在《癡心井》的終末則提出香港作為上海的重像，形似卻已毫無意義。徐訏拒絕被「香港化」的心志更具體見於一九五八年的《過客》，自我關閉的王逸心以選擇性的「失語」保存他的上海性，一種不見容於當世的孤高，既使他與現實格格不入，卻是他保存自我不失的唯一途徑。[10]

徐訏寫於一九五三年的〈原野的理想〉一詩，寫青年時代對理想的追尋，以及五十年代從上海「流落」到香港後的理想幻滅之感：

10 參陳智德《解體我城：香港文學1950-2005》，香港：花千樹出版有限公司，二〇〇九。

多年來我各處漂泊，
唯願把血汗化為愛情，
遍灑在貧瘠的大地，
孕育出燦爛的生命。

但如今我流落在污穢的鬧市，
陽光裡飛揚著灰塵，
垃圾混合著純潔的泥土，
花不再鮮豔，草不再青。

海水裡漂浮著死屍，
山谷中蕩漾著酒肉的臭腥，
潺潺的溪流都是怨艾，
多少的鳥語也不帶歡欣。

茶座上是庸俗的笑語，
市上傳聞著漲落的黃金，

戲院裡都是低級的影片，
街頭擁擠著廉價的愛情。

此地已無原野的理想，
醉城裡我為何獨醒，
三更後萬家的燈火已滅，
何人在留意月兒的光明。

「原野的理想」代表過去在內地的文化價值，在作者如今流落的「污穢的鬧市」中完全落空，面對的不單是現實上的困局，更是觀念上的困局。這首詩不單純是一種個人抒情，更哀悼一代人的理想失落，筆調沉重。〈原野的理想〉一詩寫於一九五三年，其時徐訏從上海到香港三年，由於上海和香港的文化差距，使他無法適應，但正如同時代大量從內地到香港的人一樣，他從暫居而最終定居香港，終生未再踏足家鄉。

四

司馬長風在《中國新文學史》中指徐訏的詩「與新月派極為接近」，並以此而得到司馬長風的正面評價，[11]徐訏早年的詩歌，包括結集為《四十詩綜》的五部詩集，形式大多是四句一節，隔句押韻，一九五八年出版的《時間的去處》，收錄他移居香港後的詩作，形式上變化不大，仍然大多是四句一節，隔句押韻，大概延續新月派的格律化形式，使徐訏能與消逝的歲月多一分聯繫，該形式與他所懷念的故鄉，同樣作為記憶的一部份，而不忍割捨。

在形式以外，《時間的去處》更可觀的，是詩集中〈原野的理想〉、〈記憶裡的過去〉、〈時間的去處〉等詩流露對香港的厭倦、對理想的幻滅、對時局的憤怒，很能代表五十年代一輩南來者的心境，當中的關鍵在於徐訏寫出時空錯置的矛盾。對現實疏離，形同放棄，皆因被投放於錯誤的時空，卻造就出《時間的去處》這樣近乎形而上地談論著厭倦和幻滅的詩集。

六七十年代以後，徐訏的詩歌形式部份仍舊，卻有更多轉用自由詩的形式，不再四句一節，隔句押韻，這是否表示他從懷鄉的情結走出？相比他早年作品，徐訏六七十年代以後的詩作更精細地表現哲思，如《原野的理想》中的〈久坐〉、〈等待〉和〈觀望中的迷失〉、〈變幻中的蛻變〉等詩，嘗試思考超越的課題，亦由此引向詩歌本身所造就的超越。另一種哲思，則思考社會和時局的幻變，《原野的理想》中的〈小島〉、〈擁擠著的群像〉以及一九七九年以「任子楚」為筆名發表的〈無題的問句〉，時而抽離、時而質問，以至向自我的內在挖掘，尋求回應外在世界的方向，尋求時代的真象，因清醒而絕望，卻不放棄掙扎，最終引向的也是

11 司馬長風《中國新文學史（下卷）》，香港：昭明出版社，一九七八。

詩歌本身所造就的超越。

最後，我想再次引用徐訏在《現代中國文學過眼錄》中的一段：「新個性主義文藝必須在文藝絕對自由中提倡，要作家看重自己的工作，對自己的人格尊嚴有覺醒而不願為任何力量做奴隸的意識中生長。」[12]時代的轉折教徐訏身不由己地流離，歷經苦思、掙扎和持續的創作，最終以倡導獨立自主和覺醒的呼聲，回應也抗衡時代主潮對作家的矮化和宰制，可說從時代的轉折中尋回自主的位置，其所達致的超越，與〈變幻中的蛻變〉、〈小島〉、〈無題的問句〉等詩歌的高度同等。

＊陳智德：筆名陳滅，一九六九年香港出生，台灣東海大學中文系畢業，香港嶺南大學哲學碩士及博士，現任香港教育學院文學及文化學系助理教授，著有《解體我城：香港文學1950-2005》、《地文誌——追憶香港地方與文學》、《抗世詩話》以及詩集《市場，去死吧》、《低保真》等。

12 徐訏〈新個性主義文藝與大眾文藝〉，收錄於《現代中國文學過眼錄》，台北：時報文化，一九九一。

江湖行

一

你說，人生不過是故事的創造與遺忘。沒有人生不是故事，也沒有故事不是人生。沒有故事的人生不是真實的人生，沒有人生的故事是空洞的故事。你又說神話的可愛就是它真正表現了人生，神話衰微以後，世上就有寫不盡的小說，說不盡的故事，演不完的戲劇。我們無法設想沒有故事的人間，沒有故事的人間正是沒有大氣的空間，這該是多麼空虛與寂寞。

我說，可是如今人間已有太多的小說，太多的戲；所有的故事都是大同小異，拆造拼湊，千篇一律，難道你沒有聽厭倦麼？

你說，人間也偶爾沒有故事，那是謠言的時代。神使人創造故事，魔鬼使人創造謠言；故事發於愛，謠言發於恨。沒有神的世界就會有魔鬼，沒有愛的世界就會有恨。人生不會是空白的人生，人用故事懺悔自己，人也會用謠諑損害別人。

你又說，請不要談枯燥的哲學、煩瑣的理論了，一切你所說的都是對人，一切你所講的都在求人信你。而藝術的創作則是對神的，是求神對你寬恕。理論的始點是謠諑，理論的終點是批評。一切的理論是評衡人，一切藝術的創作則是評衡自己。因此我要你重新創作。當你有美麗的故事時，謠諑不會侵占你的靈魂。

我說，天才到底還是時代的產物，在這沒有故事的時代，你何必要一個凡人來創造故事呢？

你說，天才是時代的產物，可是即使是凡才也是時代的影子；天才不忠於自己也會忠於時代，凡才要忠於時代先得忠於自己。也許故事已經在兩千年中講盡，但是相同的故事都有不同的內涵。繪畫裡的山水、人體與靜物年年有無數的相同的作品，而竟有如許不同的表現。這正是反映我們千篇一律的人生，裡面活躍的到底還是不同的生命。文藝是不同的生命在相同的人生中作相同的嘗試與失敗裡流露的不同的懺悔與祈禱。可以代表忠誠的懺悔與祈禱的就是文藝。

我說，我所有的也許也只是對我的生命在人生中跋涉的故事。但是人生是什麼呢？我們還不是為一個偶然的機緣而改變了整個人生的途徑，也因而會改變了我們生命裡最個別的性格？你難道要我告訴你那人生中無數機遇一步步帶我走進奇怪的途徑的歷程麼？

你說，那麼你可是相信中國課命的迷信，以為一個人出生的時辰註定了一生的窮達順逆與貧富呢？

我說，我也許不相信這個，可是我不可能不相信，如果我出生的時辰不同，我一定不是我現在的生命了。因為「我」原是由一定的時間與地點所定，換一個時地，其所產生的生命當然不會是我了。

你說，那麼你是不是定命論者呢？以為你的一生早已為命運所定，或者為神所安排了，你的一舉一動你都可以不負責的。

我說，可是在許多場合中，正是我的意志製造了給命運襲擊的機會。如果我要說什麼，那就是這個，這倒不是善惡與是非的道德問題，而是對我沒有珍貴我自己的生命的一種懺悔。但是懺悔有什麼用呢？已逝的生命是絕無法挽回的，我們的補贖只有求於將來，但是將來的重獲並無補於我過去的所需。我曾經處心積慮要對一個倚勢凌人的權要報仇，可是當我可以達到目的，而忽然發現我的仇人已經變成潦倒窮巷、萎老無能的生命時，我再無意復仇，我後悔的是我所浪費的長長時間裡的處心積慮了。我也曾為一個貪慕錢財的女子而專心求利，但當我有足夠的錢財可以壓倒我的情敵時，我發現她正在小巷中捧著乾癟的乳頭在餵孩子，我當時後悔的也只是我所浪費的孜孜為利的心計。一切我們生活的準備，事業的計畫都是如此，因為這些都假定生命是靜止的。在流動的生命之中，一切的準備與計畫都會落空，重獲已失的東西總不是你所要的，然而人是多麼看重已失的東西呢？

你說，那麼你就把這個告訴我吧，這正是你人生的嘗試與失敗。

我說，我也許沒有作什麼嘗試，也沒有失敗，我的一生只是追尋已失的東西，而得到的則總是加多了一個已失的東西。我不知道我生我知以前神與命運是怎麼安排的，在我生我知以後，我的生命就在這樣追尋中浪費了。

你說，這就值得你細細地回憶與懺悔。那麼你願意把一切都講給我聽麼？

二

那麼，如今且讓我從頭懺悔。

你可知道我父親是一個勤儉的農夫，他整年天沒有亮就起床，天黑了才回家。除了每年新年裡的幾天，他再沒有其他的假期。他有一副鋼鐵鑄成的筋骨，永遠有愉快的精神。他的體力配著他的勤儉，外加我刻苦耐勞賢慧的母親，他在三十五歲時候家庭已經小康。那時候我十二歲，可以說是我生活中最平靜愉快的時日。

我母親是一個身材小巧，精神飽滿，動作敏捷的女人，從來沒有脾氣，永遠有笑容在臉上，她同我父親感情很好。每當我父親農作回家，母親總是預備著水等他洗澡，預備著酒菜等他用飯。晚飯總是我們家庭最快樂的時辰，父親喜歡在飯前喝一點酒，喝了酒他總是有說有笑，講他如何想把後園擴大，他要在園中種什麼蔬菜瓜果一類的計畫。在夏天，我們總是在瓜棚下吃晚飯。父親赤著膊，露著他紅熟健康的體格在喝酒。母親為我切西瓜的時候，父親總是對我說：

「好吃吧？明年我們後園可以有桃子有橘子有葡萄，西瓜也可以長得更大更多，只要你勤力去做。」

我從小就在田裡學著農作，十歲進小學讀書，一放學就到後園做挖土施肥一類的事，十四歲我就跟父親下田，十六歲我已經有父親從習慣中得來勤儉耐勞的精神，我也有一個壯健如牛的身軀。

隨著我年齡的增加，我們的後園也隨著父親生命的擴展而擴展，父親與我種了許多果木瓜豆與菜蔬。我們建造了幾間茅屋，專為養豬養雞與堆稻草及雜柴之用。那所堆稻草的茅屋，上面有一個閣樓，地位不大，但可以放許多東西，那是我小時候最喜歡去的地方，赤著腳，走著那高高的晃搖的竹梯，覺得很好玩。當收割完成，稻草堆滿的時候，我同許多鄰家的孩子都喜歡爬到閣樓上跳下來，跳在稻草堆上打滾。

你喜歡我這樣講下去麼？但是我想講到這裡也已經夠了。

假如我就是這樣長大著活下去，我一定不會過後來的流浪生活的，我也不會有如許的痛苦要待對你訴說。在一個安定的家裡養子育女原是人類最大的理想。但是人間竟無不謝的花，無長綠的草；人間無不醒的夢，人間也無不散的筵席。

這因為我父親於四十歲就開始神經錯亂，一切的變化就此開始。

說起他神經錯亂的原因，則實在是一個很奇怪的綜合，人們無從解釋，也無從加以判斷，但在人間出現的事實永遠就是事實，而這個事實竟在我父親死去多年後還好像存在著。

要講這件事情，必須先講我們鄰居。我們的鄰居同我們相處都非常和睦，平常彼此互相照顧，過年過節總是彼此相邀，飲酒歡鬧，長一輩的都是我父親的朋友，下一輩也都是我的朋友。但是比我小五六歲的人，就不能同我玩在一起。而我家裡則只有我一個孩子，所以當我十六歲的時候，九歲十歲的男孩子我們就很生疏。可是有一個叫做白福的十歲的孩子，則常常令我們注意。他很瘦，非常孤獨，不愛說話，不愛笑。不知怎麼，他不喜歡同他同年齡的男孩子在一起，時常一個人溜到我們家裡來，到我們園裡偷一些瓜果獨自躲到我們放堆稻草的茅屋裡去吃。第一次父親發現他，父親討厭他鬼鬼祟祟，又恨他在果子沒有成熟的時候就去偷摘，教訓他一頓，告訴他以後不許來，等果子成熟了一定請他來吃，把他趕出去的時候，他還把兩個已熟的桃子送給他。可是第二次他又來了，父親發現了他，叫我去，我輕輕地走到園裡，猛一下闖進那所茅屋，就看見白福坐在地上，他前面竟是一大堆的未熟的綠色的金橘，他不是在食，而是把金橘當作玻璃球似的在玩。我罵了他一頓，把他趕出去。

於是，第三次，白福又來，事情就發生了。

大概白福聽到父親的聲音，所以他想爬著竹梯躲到閣樓上面，父親一推進門，看到他在竹梯上，一聲怒吼，白福一駭，腳一滑，就跌了下來。說也奇怪，他的腦殼正跌在一塊石椿上面，父親想救他，已經是滿身鮮血，他像一隻小雞一樣，抽搐了一陣就死了。

白福死後，我才想到白福是誰家的孩子，原來他是高伯的第六個兒子。高伯有九個孩子，整個家裡白福最不討人喜歡，因為他脾氣倔強，行動古怪，疼愛他，他也永不愉快；責罵他，他也旁若無人；永遠睜著一雙死魚目般的眼睛望著對方。所以他家裡沒有人愛他理他。他的死，在高伯的家裡幾乎沒有什麼反應，父親為他買了棺材，收殮入土後，高伯的家裡並沒有再責怪我的父親。但是父親從那天起竟幾天不能睡眠，不能吃飯，以後神經就有點異常。

假如父親有高伯的責怪，或者甚至我父親有謀殺的嫌疑而受到法律的裁判，也許我父親不至神經錯亂。但是父親所經歷的世界，竟是一個這樣平靜而不想興風作浪的世界，於是父親內心的世界就此紊亂起來。他開始有非常兇暴的脾氣，開始喝酒，開始相信鬼怪。他不願看見那所茅屋，他怕走到園地去，他吩咐拆去茅屋，隔些日子，又叫建造一所小小的亭子，他放了一塊白福的牌位在那裡。但是他仍舊並不能由此得到安慰，他在睡夢裡時常夢囈，夜半醒來，常常看見白福的影子，即使在光天白日之下，他時時意識到白福死魚目般的眼睛一直盯著他。他不再勤儉，他不想工作，他每天喝酒，喜怒哭笑無常。我雖然也知道他內心是痛苦的，但是我並不能對他有所諒解，因為我母親實在太可憐了。他常常在我母親同我身上發脾氣。不到一年，我母親病了，舅舅從城裡把母親接到他家裡去，我三天兩頭去探訪母親，母親仍舊每次都問我父親，但是父親則每日在鎮上喝酒，有時候醉得不回來，他從來沒有想到母親。母親於三個月以後死了。父親則已經完全神經錯亂，整天嚷著鬼怪，健康完全消失，臉上再無笑容，沒有一個醫生，沒有一個巫師或僧道可以救他，唯一可以暫時安慰他的是酒。於是我典押田地，每天供他狂飲。半年以後，他全身麻痺，後來連說話與排泄都失去了能力，他死得像是竹梯跌下來的白福，枯瘦得像一束曬乾了的稻草，頭垂在床沿，張著死魚目般的眼睛望著燭光。

許久以後我在人世流落，看見過無數的人的變化，權要變成囚徒，富豪變成赤貧，美麗的變成醜陋，健康的變成孱弱，但是在我記憶之中，一切的變化像是都沒有我父親變化為快。好像僅是一夜之間他的樂觀變成了悲觀，自信變成迷信，壯志消沉，百病叢生。愉快的家庭頓時憂戚，人人的笑容變成愁容，光明的前途完全漆黑……而這就是人間！

三

父親死後，我才知道田園早已荒蕪，債臺高築。我摒擋出賣我們的田地，還清了債，我想離開這可怕的世界，與附著這世界的許多陰魂。

恰巧那時候來了一個搖船的，他的名字叫作舵堂。他一年一度到我們村莊來，載著一群演越劇的女孩子，在廟會中唱演各種小店裡的故事。這是我們村裡唯一的娛樂。那些年頭收成好，鄉下人都還過得不錯，常常請那群越劇演員們到家裡來玩；許多老年的婦人都喜歡這些演戲的女孩子，母親也是其中的一個。父親則同這個船夫做了喝酒的朋友，這位船夫年紀比我父親大，但是身體比我父親還要結實，他跑過許多地方，講些許多我沒有聽見過的事情，我聽了他的故事，覺得他的生活一定比父親有趣。我很奇怪為什麼父親要耽在一個地方種田，而不想同他一樣到處去走走呢？父親也愛聽他的故事，但是父親並不羨慕他的生活。父親似乎很有自信，覺得他走的路才是正路。

越劇班來了以後，鄉下可以有三星期的熱鬧，三星期的戲演完，田裡工作忙起來，他們就走了，我從來不知道他們去什麼地方。下一次來的時候，這位船夫總是又帶一些用的吃的東西給我父親，這些東西總是我沒有見過吃過的。我不知道這份友誼是從哪一年開始，總之自我長大以來，這位船夫也就在我記憶中長大起來，我叫他舵伯，他叫我野壯子。

父親死後，許多鄰居都勸我討一個能幹的老婆，把父親的事業重新振作起來，有的還願意借錢給我，好些債戶都叫我不要著急，等明年收成時慢慢再還。他們對於我要把田地賣去，先行還債，覺得是非常對不起父親的事。

那次舵伯來的時候，正是我在出售田地的時候。他一聽到我在一年中死去了父母，欷歔了許久，要我陪他到我父親墓前，他買了香燭魚肉憑祭了一回。然後他挑了這些魚肉，隨我到家，他在我家的灶上燒了幾道菜，邀我像過去父親一樣地陪他喝酒。於是他同我談到我以後的打算。

我告訴他我並沒有什麼別的打算；我只想先把田地賣去，還清了債。他問我是不是還想種田，我說我除了種田以外，也不會什麼；但是要種田也不想在這個地方，因為這個地方有太多可怕的記憶了。我於是告訴他我如果賣了田，還債以後，也許可以剩二三百塊現洋，我想找一個田地便宜一點的地方去買一點田。因為他跑過好些地方，所以我順便就問他哪裡比較合適。

舵伯聽了我的話以後，沉默了好一會兒，最後他勸我放棄這個打算，索性跟他流浪去做生意。我說生意的事情，我完全不懂。他說，如果我相信他可以同他合作，他因為沒有本錢，所以想做也沒有法做，如今我既有二三百現洋，那就很有辦法了；他於是告訴我某地的油價某鎮的酒價，小城裡的肉價與山鄉裡的魚價。只要跟著他的船同走，隨時隨地都可以賺錢，無須乎死耽在一個地方去種田。

他的話馬上打動了我的心意，三星期以後，我賣去了田地，還清了債，手上還剩兩百七十元現洋，我變成了他的助手，搭了他的船同行，我也開始學習拉縴支帆搖槳撐篙一類航駛的技術；憑我結實壯健的身軀，我很快學會了這些，我於是看到了另外一個世界。

在船上，魚隨時都有，柴也不用儲藏，經過的地方都有殘枝枯葉，一上岸隨地可取。買米買油都是現買現用，要什麼，只要船到埠就可以有什麼；這同我們農村的生活完全兩樣。在農村裡，什麼東西都要儲藏著，一買就是很多，稻草雜柴堆滿一屋，準備一年之用，每年製酒一做就是幾缸，預備整年之消耗。如今則是什麼都隨時可有，只要船一靠岸，走幾里路就可找到市集，市集裡什麼都預備著，或多或少隨你需要的都可以有，付了錢，就可以拿走。

在這樣的生活之中，第一個使我想到的就是我們那間堆稻草的茅屋了。如果稻草不用堆積，就用不著那間茅屋；沒有那間茅屋，白福就不會去躲；白福不會去躲，就不會跌死；他不會死，我父親就不會見鬼，神經就不會錯亂；那麼我母親也不會死，父親也不會狂飲，不會……總之，一切的變化就不會有了，那麼為什麼我們不能像船上一樣生活呢？

也許是這個原因，我很快地就再不想去過以前一樣的生活了。而我們的商業竟一開始就獲利。我們在小城裡買了十箱煤油，在幾個經過的鄉村中論斤賣去，我們就賺了四分之一。我要把一半利潤給舵伯，他不接受，橫講豎說，他接受了三分之一。以後他的錢也做資本。一轉兩轉，我們買了豆又買了麻，舵伯把它在城裡賣去，販賣了女用的紗絲紐扣針線以及兒童的用品玩具，我們又到了鄉村，就在我們的班子演出的時候，我擺了一個攤子，沒有幾天就賣完了。就這樣跑來跑去，不到半年，我手頭有了一千三百五十元現洋。舵伯教我把一千元存在銀行裡，把三百五十元交他，他也出了三百五十元，說是大家合夥，平均分配，重新做起。但是這一次舵伯竟沒有讓我知道他買了些什麼，只是在城裡一個船埠上，叫我在夜裡守著船。那天霧很大，前艙的女演員都入睡了，眼看潮水已漲，已到開船的時候了，但是舵伯一直沒有回來。我等著等著，心裡非常焦急，不時站出去看，偏偏霧濃得什麼都看不見，最後我就坐在船梢等他，不知不覺我睡覺了。

大概是四更時候，舵伯回來了，他叫醒了我，帶著兩個小酒缸，叫我墊到女演員演戲的服裝箱底下，船就開了。

我先以為這是他要喝的酒，但一直沒有看他拿出來。我問他這次做些什麼生意，他不響。船到了一個小鎮上，演員們去演戲，我也沒有看到舵伯什麼時候把兩個小酒缸拿出去。總之，那一次演完了戲開船的時候，舵伯分我一千五百元現洋。

我們就這樣富有起來。

我這樣講下去，人生好像是非常簡單的，失敗容易，但是成功也不難。可是人間的變化是不容易預料，一個人的欲望也不是我們所能想像。

我現在不得不先談談我們的船。我們的船分為三艙，中艙是那群演戲的女孩子，和隨同她們的母親或姨媽，前艙是班主師父同幾個夥計，後艙是船戶，船戶只有舵伯與我同一個啞巴夥計。中艙最大，但是女孩子多，只夠睡的地方；後艙較小，因為要掌船，所以多有活動的餘地。前艙夜裡睡著班主同夥計們，白天則放著板桌，與中艙通用，所以前艙與中艙白天是通的，唯有後艙與中艙，則是隔著木板，完全是兩個家庭。

以前在鄉村的時候，越劇班來演戲，我湊著熱鬧也去看戲，但是主要目的還在買零食看熱鬧，對於戲我沒有什麼興趣；到了這戲班船來，先是要學許多船上的事情，後來就忙著做生意，根本就沒有想到前面住的是一群女孩子。所以從來就沒有注意過我們鄰居的生活。雖然戲班與船戶時常有事情要打交道，但這總是她們的班主與舵伯的事情。零碎的事情我有時也幫忙，但我做著正如做著船上其他工作一樣，我從來沒有意識到別的。

可是有一天，一件偶然的事情發生了。

那是一個晚春的黃昏，船在寬闊的河流中逆水駛行，左面是青青的小丘，右面則是碧綠的田野；太陽從山丘射在水上，綠波中閃蕩著金光，碧綠的田野響著蛙聲，兩岸散散落落的有一些柏樹、柳樹與楓木，樹上鳴著倦飛歸來的小鳥。天色藍青，東面浮著白雲，西方貼著紅霞。我躺在甲板上望著桅杆上的白帆，聽船邊激起的水聲。就在這時候，我聽了一聲銳聲的叫喊，接著大家都笑鬧起來。我翻身看到一件紅色的衣裳漂在水中，舵伯拿著篙杆在撈，但是衣服在逆流水中游得很快，一下子就溜得很遠了。

就在那一瞬間，我也不知道為什麼有這個衝動，我脫了上身衣服，就躍入水中。我的游泳原是從小就會的，到了船上工作以後，跟舵伯常常下水，所以對這件事真是輕而易舉。我很快地就把那件紅衣服撈到，圍在我脖子上就游回船邊，拉著舵伯的篙竿躍到船上。前面的艙邊大家都在笑喊，我就沿著船舷走到前艙，把那件紅衣服送過去。我的目的原想交給前面的班主，但是等在那裡的則是一個女孩子，她閃著酒一般的眼光，浮著花一般的笑容，披著霧一般的頭髮來接我遞過去的衣裳。旁邊的人都在笑嚷，我不知怎麼竟難為情起來，沒有看到第二個人，就把衣服遞給那個等我的女孩子，她有一雙纖長的手臂與手指，腕上還戴著一個銀鐲。我匆匆交給她，沒有等她謝我就很快走到船尾。

從此這個酒一般的眼光花一般的笑容就開始使我不安。這是我母親以來，第一個使我想念的女性，而我也開始意識到這世界除男人以外還有女人。

善也從此開始，惡也從此開始，這因為我是人，人在長大之中，生理與心理都跟著變化，人間無不變的人，無不謝的花，無常青的樹……我已經不是孩子，我有欲，也開始有愛。

到了船尾以後，我開始後悔我沒有多看她一眼，我也在回憶之中開始聽到剛才許多人在笑喊之中叫她的名字。

四

她的名字叫做葛衣情。

而我就開始為懷念這個名字而痛苦。

父母死亡後的創傷剛剛恢復，新的痛苦又從外面襲來。但是這性質是多麼不同。人間有無數的痛苦，而各種痛苦都無從比較；人間有無數的哀怨，而各種的哀怨都難於訴說，這正如世間有無數種的紅色綠色，我們都不能用言語表白一樣。世間也許有人有過我同樣的經驗，但是因為與我有不同的背景，不同的家世，不同的生理與心理，不同的對象，所以無法知道我所受的相思的痛苦。

我不得不告訴你，我們的生活雖只是一板之隔，距離可是很遠，沒有巧合就無法同她見面；而在偶然機會中，又不難聽到她的歌聲。所謂她的歌聲，還是一種假定，因為許多歌聲之中，我只把一種我認為最可愛的假定是她的罷了。只有後來，我才知道我的假定並沒有錯。船在一個小鎮的河埠停下來，我開始關心戲班子的事情。這一次是那裡的杜氏祠堂落成，我們的班子是應邀在杜氏祠堂裡作十天十夜的公演。許多人來接班子，行頭箱就跟著上去，我也就偷閒跟著走去。走過了蹊蹺不平的石砌的街道，穿過了灰磚白泥的屋巷，在深藍淺紫的山色前，我看到金碧輝煌的祠堂，紅色匾額上有金色的大字：「杜氏宗祠」。

我走到裡面，裡面正在掛燈結彩，大大的院落前是高高的舞臺。大廳上是層層疊疊的神主。這個死人的宮殿竟使活人羨慕。我驚訝於這豪華的建築，而設想葛衣情在臺上出現的情景。裡面還有許多院落，佈置著天竹石筍與盆景，重門疊戶，我跟著許多看眾，穿來穿去，盤桓了半個鐘點之久，才回到街上。街上碰見了舵伯，我們買了飯菜又回到船上。

第二天晚上，我們的班子就要上戲。黃昏時候，全體的女演員被邀去吃酒，船上送來一桌酒席，是專請班主師父夥計及我們船戶的。九點鐘的時候，戲已經開場，我飛也似的跑到杜氏宗祠，跟著擁擠的人群在院子裡看葛衣情的出場。但是葛衣情出場很晚，她穿一件綠衣白袖的長襖，粉裝玉琢地在雪亮的汽油燈下出現了。

那真是一個美人。

故事是說大宋時代奸臣當道忠良被迫。一位姓應的忠臣被殺，他的公子因此落難，幸喜有一個劫富濟貧的強盜，因曾受應家之恩，就把文弱的公子接到山寨。葛衣情飾王小姐，她的父親是一個已退休忠臣，聞應家被害，乃改姓換名，流亡他處，偏偏奸臣的兒子看中他的女兒，其母因脅於威勢不敢拒婚，只得把她嫁了過去，中途亦為上述之盜所劫。盜悉其家與應家為世交，乃厚待之。以後就與應公子私訂終身。後來奸臣失勢，王家父親出頭，應公子考中狀元，王小姐穿著鳳冠蟒袍與應公子成親。

像這一類的故事，在我幼年時也不知道聽過多少，我始終沒有感到有特別的興趣；以後我慢慢長大，對故事戲劇都很疏遠，誰知在這汽油燈的下面，葛衣情的演出竟使我大為感動，她的動作與表情，喜與樂，焦慮與欣慰，一笑一顰，好像都是對我而發。我像是被她催眠一般地願意永遠看她的表演。

在隔了多年以後，我的知識與智慧增長變化了，我曾經又去看這類越劇，其庸俗空虛使我無法想像我當初怎麼會對它感到過這樣的興趣。

知識與見聞使我對以前有興趣的冷淡，使我對以前感動的麻木，使我對一切可泣可歌的覺得平淡無奇，我真不知道這知識與見聞於我有什麼益處？

但是當時我真的被葛衣情的神奇所脅服，我願意用我強壯的身軀供她驅使，只要我可以為她做一點什麼都好，如果她要我死，也正是我所求之不得的光榮。但是她並沒有要我死，沒有要我一滴血或一滴汗，她對我一點沒有感覺，我只是擁擠的人群的一個微粒。坐在兩廊與看臺的是當地的官貴與縉紳，他們喝著茶咬著瓜子，吃著水果，不斷地把紅紙所包的賞金拋到臺上。這些則是班主所侍奉的人群，是葛衣情真正所注意的人。

戲散了以後，我就回到船裡，心中有說不出的滋味，自從我到船上以來，這是第一次體會到了人生。過去，憑我的天生的蠻勁與強壯的體力，一切的困難與冤屈似乎都可以克服，而今夜則是無法用我蠻勁與體力了。過去的困難與冤屈是找我的，今天則是我自已找它們的。其實，我還有錢儲蓄在銀行裡，但是那時候竟不知道那是可以運用的力量。在很久之後，當我已經知道如何運用金錢力量時，我就一直貧窮了。

我嘗到了人生中第一夜失眠，對著天上的星月，遠處的山，與灰黯色小鎮上房屋的圖案，我似乎有萬種的力量而找不到用處。

第二天，好像有一位張姓的人來請葛衣情同一位飾小生的白銀秋吃飯，不知怎麼，班主同杜姓的人商量一陣，沒有答應。這件事情的內幕我無從知道。我一直期待著天黑去看戲，可是好容易天黑了，我的自卑感使我臨時又不想去了。我知道我看到葛衣情時的幸福，但我也知道我內心將受到更大的冤屈。在彷徨了許久之後，我終於找了一張紅紙，包了十塊現洋到杜氏宗祠去。我想當兩廂與看臺上的高貴人士拋賞金的時候，我也就從人群中拋到葛衣情的腳邊。在昨夜的經驗中，站在大院子的人是沒有拋賞金的，我想我的賞金一定可以被葛衣情所注意的。

不用說，我去的時候，台下到處都已站滿了人，我憑我的體力一層一層地擠到裡面，擠到前臺，全場的人都抬著頭，臺上汽油燈嘶嘶作響，不斷的人聲叫好聲笑聲從四周飛來，我發現那時候葛衣情還沒有出臺。

葛衣情出臺的時候，哄聲大作，剛唱完一段，兩廂與看臺上有紅包飛到臺上，我發現那些紅包都是薄薄的，最多是一塊兩塊銀元，因此我就把我袋裡十元的紅包舉起，投到葛衣情的腳邊，紙薄錢多，一到她腳邊就打散了，葛衣情吃驚地抬起頭來，這時候恰巧看到了我，我興奮地對她笑笑。但是她只是瞅我一眼，馬上把眼線轉向左廂；在她表情中我知道她始終不知道這包賞金是我拋去的。

就在我賞金拋上去以後，台下哄聲大作，接著就有無數的紅紙包飛到臺上，許多竟打到了葛衣情身上，我馬上看到這些紙包裡都是石塊。一時台下有人大叫，人群蜂擁，亂石橫飛，兩盞汽油燈頓被破滅。這時秩序大亂，有幾個員警大聲叫嚷，下面竟毆打起來。有許多人跑到臺上，臺上的演員欲躲無路，我在陰黯的反光中看到有人在拉葛衣情，這時候我蠻勁野心齊集心頭，我一下子就跳到臺上，我一手抓住了在拉葛衣情的男人，他穿的是一件發亮的緞袍，我從後領把他抓起，反身一背就把他拋到了台下。葛衣情驚惶之中，並不知道是我，而在她想躲避時候，又有人過去挾她，他手裡還握著短棍。我一過去，他就打我一棍，我挺身接住他的短棍，爭奪之下，兩個人都倒在地上，我恰巧壓在他的身上，不知怎麼，我在地上竟觸到了一堆剛才拋擲上來的亂石，我順手抓起就打在他的頭上，他叫了一聲，就不動了。這時候葛衣情似乎已認出我了，她拉著我的衣角，我推翻了四周的人，就把她擁在身邊，憑我的體力與手上的短棍，從台後階梯下去。開了一條路，拉她從我昨天漫遊的路徑向後面走去。因為我記得那後面是有小門通後園的。

人都在前院，後面重門疊戶都沒有人影，我很快就把葛衣情帶到後門，開出後門是一片寂靜，滿天的星光照著小小的竹林。就在竹林的下面，葛衣情驚魂初定，發現自己的膝蓋被石塊所傷，她坐了下來。

她穿的是一襲紫衣白領的戲裝，頭髮上束著珠飾，臉上的脂粉依然如新，我一時竟像是戲裡的小生，癡對著情人走進了神奇的故事。

我一生沒有接觸過女性，在緊張中把她擁抱著擠出了人群時，我沒有意識到我的感覺，但一瞬間這些感覺都復活起來。當我手撫著她受傷的膝蓋時，她的如酒的眼光碰到了我的視線，我竟連一句話都說不出來，無限的情緒似乎只有把我的心捧出來才能表白了。

在這寂靜的園中，我們沒有談什麼，但不知為什麼竟坐了這麼久。輕輕的風掠過竹葉，彎彎的下弦月升到天空，遠處傳來隱約的犬吠，籬邊樹下響著啾啾的蟲吟。這些已經夠了伊甸園的條件，人間本來用不著語言，一聲低笑，一聲微喟，小小的表情輕輕的動作已經可以使人與人之間完全瞭解。人類只有在不瞭解的時候需要語言，而語言似乎也只能增加人間的分歧。我們都是鄉下的孩子，還不知道在從來沒有經驗過的場合中該說什麼。因此我們都沒有說什麼。

於是我們聽到籬外走過三三四四的行人，有的還提著燈籠，或高或低地談著剛才的事變，這才使我們知道這是人間。

我們細細地聽每個行人的話，判斷剛才事變的演化，等人們一群一群地走盡，我們才開了籬門走回船去。船上的人們多已回船，大家在談論剛才的事變。我慢慢地知道就是那姓張的人，因為那天來請葛衣情、白銀秋吃飯，被班主拒絕了，所以來尋事報復的。當時班主還沒有回來，他與杜氏、張氏正在進行談判。

我們幾乎一夜都沒有睡覺，班主於五更時分方才回來。知道這一場惡鬥是起因於張氏尋事，傷了三十多人，幸虧沒有死人；但有一個張氏的少爺頭上被一塊石頭砸暈，流了不少的血。他告訴我們這是張氏年輕的一群鬧事，年長的並不知道。現在戲還是演下去，不過明後天停演兩天，明天張氏設宴，後天杜氏請客，說好班中全體演員去陪酒。

這一場風波就這樣結束，兩天以後，又繼續演戲，我則每天都擠在人叢中看葛衣情的演出。葛衣情一上場，總是用眼光在台下尋我，當我的視線與她搜索我的眼光相逢的時候，我心裡就感到說不出的安慰。在她淺笑低顰的表情之中，她總是有意無意地投我一個脈脈含情的一瞥，不知怎麼，我為此就感到非常光榮與快樂。她下戲往往在散場的時候，所以她總是要同全班的人同時回船的。可是有一夜，她下戲較早，我得有機會同她兩個人早離開戲場，我們買了一些零食，走回船去，但走到河邊，我們並沒有上船，我們順著河岸，走到一株楓樹下的石塊上，坐了好一會兒。我記得那天天色是藍灰的，有迷蒙的霧，淡淡的月痕時隱時顯，閃耀的星星也好像時散時聚，腳下流水潺潺，不時有魚躍的聲音，廣闊的河流彎曲地伸展著，遠處有一點兩點的漁火。時靜時動的清風，掠著青草與樹葉，傳來令人不可捉摸的天籟。葛衣情穿一件灰衣紅花的衣裳，垂著兩條長長的烏黑的辮子，她說話時總是閃動著她如酒的眼光，但她並沒有像她在臺上時一樣地看我。當她坐下的時候，我站在她面前，她似乎不願意我望她，叫我坐在她身邊；我給她一些我帶來的糖果，就在彼此吃著糖果時，好像大家開始自由一點，我們才有了比較自然的談話。我知道她父親死了，母親在做裁縫，班主是他父親的朋友，演戲已經有兩年了。我好像也告訴她我自己的身世，並且告訴她舵伯也是我父親的朋友。

時間總是在不知不覺中飛逝，我們好像坐得並不久，就聽到班中的人從戲場回來，葛衣情要搶先回到船艙，我想挽留她一會，她告訴我明天晚上也可以早下戲，叫我仍留在後場等她。我滿載著愉快回到船艙，整晚睡得說不出的甜美。

第二天晚上，天色非常清朗，滿天星斗伴著我們在河岸散步。葛衣情比昨天活潑自然了許多，她告訴我這裡演完了，要到N城去，城裡恐怕要演一二個月，她母親將從鄉下到城裡來伴她。她又告訴我一到城裡她們將住在戲院裡，怕要不容易見到我了。我說我會仍舊每天去看她的戲，但不知怎麼我心裡感到很不安。那天回到船艙，我久久不能入睡。

五

在這些日子裡，舵伯告訴我他已經定收了許多蠶繭，隔些日子來收，就可以賺許多錢了。但是我聽了竟沒有什麼興趣。我告訴他我不想再做生意，我想找一個鄉村裡去買一些田地。我要像父親一樣去過種田的生活。舵伯開始非常驚奇，可是等我告訴他我想托他為我做媒娶葛衣情的時候，他哈哈大笑起來。他說他想不到我這樣沉不住氣，第一次碰見女人就想安定下來成家養孩子。我告訴他我是父親的孩子，不是他的孩子，我父親是一個農夫，他一直不想移動，願意死守一個地方，刻苦耐勞地過家庭的生活，我表示我很感謝他對我的幫助，但如今我想憑我所有的本錢，買田成家。而我已經看中了我幸福的對象，我希望可以同她過安定不變的一輩子。最後舵伯答應我為我去做媒。但說這總要到N城以後。班子在城裡還要演一二個月的戲，就是對方答應，成親也要等這次戲演完。在這一兩個月時期內，我正可以同他再做幾筆生意，要成家立業，為老婆兒子打算，也該多賺一點錢。而且說親的事情總要同她母親商量，這也要到城裡才能碰到她。但是，舵伯的心裡，竟還有一種想法，他當時沒有告訴我，而是先要給我一個考驗。

當船到了N城，戲院裡的人就把全體的班子接了去。我同葛衣情只說了三四句不緊要的話，我只說我會到戲院去看她。班子在船上的時候，我也沒有機會同葛衣情在一起，但是她們走後，滿船是空虛淒涼，我竟覺得我會不能再見葛衣情一樣的難過。我黯然躺在艙上，覺得做什麼事情都找不到意義。舵伯這時候則偏是興高采烈，他沒有提到說親的事情，但說要帶我先去看看城市。

於是我就跟他進城。這是我以後所看見的城市中最小的一個，但是我以前所看過的最大的一個。那些櫛比的房屋，閃亮的電燈，擁擠的街道，已經使我驚異不置了。

舵伯先帶我進華麗的酒館，吃一頓好菜好酒，他說我已經到可以吃酒的年齡，應當喝點酒；我也到了應當瞭解女人的年齡，吃了酒，應當去看看女人。於是出了酒館，他帶我到光明燦爛的妓院，他叫來了脂粉滿面的妓女，淺唱低斟，打情罵俏。舵伯問我喜歡哪一位，我說，我都不喜歡，如果他是為我快樂，那麼請他帶我看看葛衣情的戲吧。他說，在這裡，戲院不只一個，葛衣情在演戲的是一個頂小的戲院，要看戲，應當到大舞臺看京戲，今天的京戲有最好的角色。好，現在我們就去。

於是我們到了大舞臺，那裡燈光如畫，鑼鼓喧天，五彩的帳幕，閃耀的服裝真是使我驚異不置；但是我還不能夠欣賞那些歌曲，在戲散以後，舵伯問我是不是比越劇好玩，我說可惜裡面並沒有葛衣情。

我們住在一家叫做江濱飯店的旅館裡，過著非常舒服輕鬆的生活，舵伯帶我在城市裡玩了三天。但他馬上發現我只是我父親的兒子，有一個淡泊固執的靈魂，與一個粗壯頑強的身體。於是，第四天，他答應我去為我說親。

我很難訴說我當時的心情，過去我住在骯髒狹小的船艙，我一直能安詳愉快；如今在華麗光亮的旅館，倒反而坐立不安起來。舵伯去了以後，我一個人正像籠裡的猛獸，覺得全身力量都沒有用處。我一直沒有什麼思慮，如今竟有了如果對方不答應，我將怎樣生活下去的憂懼。舵伯論定兩小時就回來，我們計畫一同吃午飯的。但是我等到下午二時，竟還沒有他影子。我一直餓著肚子等他。

他回來是下午三時，事情是這樣的：舵伯先同班主談，一同去看葛衣情的母親，恰巧葛衣情的母女都不在，舵伯一直等她們，她們於午飯後才回來。所以就費了這許多時間。

葛母起初很覺得突兀，倒是葛衣情解釋了一番。後來葛母就談到經濟的問題，說如果葛衣情不演戲了，那麼她們就要給教戲的師父一筆很大的款子，這筆錢我們是不是有。葛母的意思也許就是想拒絕舵伯，而又以為我一定不會有什麼錢，所以提出這麼一個難題。後來舵伯就坦率地問她需要多少錢，她算了半天說大概是一千五百元；舵伯就說婚事議定後，就可送兩千元的聘錢去。這使葛母非常驚訝，不知是因此無法推託，還是真是情願了，總之這件婚事就這樣議定了。

一切的事情照著習俗，第二天舵伯把我的生辰時日同兩千元的聘禮送去；說定等這次戲演完了就成婚，班主也送來女方的生辰時日與禮物。

那時候，我的積蓄有三千八百元，去了兩千元，還剩一千八百元；舵伯鼓勵我趁她們演戲的時期再跟他去做一次生意，順便到哪裡鄉下去看看可買的田地，回來結婚以後，就可以在看定的地方成家。這樣，我們就在城裡販賣了貨物，駛船到四鄉跑了一趟。我也終於在一個有山有水的地方看定了一些田地，一切都聽舵伯給我安排。

這一次買賣並沒有理想那麼成功，原因是眼看日子快了，而我們貨物還沒有脫手，我因為非常想念葛衣情，要準時回去，趕她們與戲院滿期的日子，可以早點完婚，所以主張把貨價壓低賣去。舵伯很瞭解我的心理，他沒有同我爭執，一切照我的意思，我們趕回城裡正是葛衣情與戲院滿期的第二天。

那時候，我的心跳得像初被釣上陸地的海魚，急急忙忙偕同舵伯到戲院去，我的意思當然要看葛衣情。自從訂婚以後，我一直想到戲院去看看她的戲，但不知怎麼，總覺得有點難為情，而舵伯也覺得我應當專心忙一陣生意，不必急於要找她，所以一直沒有去。如今已經到了可以成婚的日子，兩個人暌隔了那麼久，我怎麼不急於要想看看她呢？可是舵伯則一徑先去找班主，因為班主是女方的媒人。

班主對我們回來很高興，但是告訴我們，他們同戲院的合約又延長了一個月，婚事似只得再隔一個月才能舉行。我當時很不高興，但是班主說這是葛衣情同她母親自己願意的。事情到這樣當然沒有辦法，我當時只想去看看葛衣情，可是班主又告訴我葛衣情母女現在已經不住在戲院，她們搬到一個過房娘的家裡去了，每天到演戲時候才來。

我當時非常慌張，但也只得等到快上戲的時候才再到戲院。當時我一直到後臺化粧室裡去找葛衣情；葛衣情看見我愣了一下，很不自然地為我介紹擠擁在周圍的人，她的母親，她的過房娘，什麼姨媽，什麼姐姐，什麼嫂嫂，這些我都沒有注意，我注意的是兩個男人，一個是穿著緞袍的，纖白瘦削臉龐，頭髮倒梳著貼在頭上，一個是穿著鮮藍色的西裝的，圓圓的臉，大大的眼睛，頭髮分梳著。葛衣情也為我介紹了一下。一瞬間，我對於我的衣裳與模樣頓時自慚形穢起來；全房間的人在葛衣情介紹時都對我有一個含有歧視的招呼，接著都用奇怪的眼光注視著我。最可怕是她母親的態度，她好像同我很客氣似的倒了一杯茶給我，一面對我敷衍，一面把我帶到外間，問我長，問我短，接著就告訴我葛衣情一個月來的走紅，說什麼錢莊小開送她什麼，什麼報館主筆在報上寫文章捧她，獨獨沒有提到婚事，也沒有談到婚約。最後問到舵伯，她說她很想見他，叫我約他明天中午到戲院去談談。

戲已經快上演了，我出來與舵伯坐在樓上，把剛才的情形告訴了他，約他明天中午去看葛衣情的母親。

自從上次到大舞臺看京戲以後，這是我生平又一次坐在輝煌的燈前看戲。舞臺的燈一亮，幕徐徐打開，於是我看到了我好久未見到的人物出現了。但是環境不同，背景不同，設備不同，使我的感覺完全兩樣。葛衣情出場的時候，全場譁然，掌聲雷響；她的服裝行頭都是簇新的，在燈光輝煌的舞臺中，她的風光照耀著整個的戲院，全場幾千隻眼睛都集中在她的身上，她不是以前的葛衣情了。她的如酒的眼光在台下搜索，但她已經不在尋我了，好像也偶爾與我的視線相碰，但是她像害怕似的隨即避開了。

「她已經太紅了。」舵伯在我旁邊說。

我沒有說什麼。我心裡不知道是對葛衣情妒嫉還是對我自己怨恨。我坐那裡正像坐在針氈上一樣。我沒有看到戲，只看到葛衣情美麗的風姿在臺上飛揚，好像全場的觀眾都在對她調情，而她也是樂於接受一樣。

我想到了杜氏宗祠臺上的葛衣情，那時候我站在擁擠不堪汗臭滿場的人叢中等她對我看一眼，心裡就充滿了愉快與光榮。如今坐在輝煌華貴的廂座，望著熱鬧的世界，我心裡竟感到說不出的空虛與痛苦。這情形相隔有多少時候呢？

我咬緊了牙關等戲散，我要在戲散的時候到後臺去接葛衣情，在我的下意識之中，我所憧憬的是我們從杜氏宗祠出來，在黝暗的路上散步到河岸。我們曾經在河岸的楓樹下有過靜靜的夜晚，周圍是淡淡的霧與朦朧的月，悄悄的流水與微微的清風……

好容易看到戲快散了，我沒有告訴舵伯就獨自離座，徑奔後臺，但是後臺化粧室裡已經都是人，男的女的高的矮的，我始終不知道這些人是幹什麼的。葛衣情一下場，這些人就圍上去，似乎個個同她很熟，在她下裝的時候，大家圍著她同她說笑。我有一身的力量但竟無我插嘴的餘地。等葛衣情下裝，換了衣服以後，我想過去同她說什麼，她的母親就過來說要回去了。剛才那個穿緞袍的男人好像主人謝客一樣替葛衣情致謝並同大家告別，於是許多人就嬉笑著散了。葛衣情同她母親與過房娘，還有兩個女的，就同那個穿緞袍的男人走出去，我正想跟上去的時候，不意那個剛才穿鮮藍色西裝的人上來，好像叫我讓路似的輕蔑地拍拍我。那時候我年紀輕，一肚子火氣正無處發洩，碰到這樣的場合，就推了他一下。想不到他竟是這樣的脆弱，要不是後面是牆，他怕就要倒在地上了。我沒有理他，還是跟著別人走出去。但是他突然起來，抓住了我的後領，一面往後拉我，一面用腳絆我，我當時擺脫了他的手，轉身就抱住了他的腰；他用雙拳打我的頭，但是他的力氣太小，我輕易地把他舉起，一推手就把他摔下去，不幸那地方很小，前面正是一把椅子，他的腰恰巧壓在椅子上，他一時無法站起，我正想放下他去追葛衣情時，他突然從桌上拿起一把剪子向我砍來。我當時握住了他的手腕，扭轉他的身子，在他的背上打了兩三拳。他先還大叫救命，後來就倒在地上了。

六

就在這時候班主與舵伯上來了。舵伯把這個圓臉大眼的人從地上扶起，班主連連地向他道歉。我當時就跑了出來，我想尋葛衣情但已經沒有蹤影。我一個人在街道上遛了許久。我重新回到戲院的時候，舵伯正在等我。他邀了班主，我們三個人那天晚上就到我們旅館裡談了一夜。我陪著他們還喝了許多酒。

現在我知道那個挨我打的人同那個穿緞袍的人是堂兄弟；他們姓劉，是當地有點小勢力的人物，他們祖父靠兩輛人力車租給拉車的做起，後來有了五十多輛人力車，每天租給拉車的，所以很發了點財。劉大的父親已經死了，母親就是葛衣情的過房娘，葛衣情同她母親就住在他的家裡。劉大據說大學讀過書，現在就在管理那五六十輛的人力車；劉二則在一家報館裡做事。他們每天有簇新的包車來接葛衣情母女，所以看來葛衣情的母親也很想把女兒嫁給劉大了。

舵伯知道明天葛衣情的母親要看他一定是談退婚的事，所以先問我意思。我的意思很簡單，如果這光是葛衣情母親的意思，葛衣情自己不願意，那麼我不能接受退婚，如果也是葛衣情自己的意思，那麼我決不勉強，但是我要同葛衣情單獨見面談一次。

第二天，舵伯去會葛衣情的母親，她果然提到退婚的事情。據舵伯說她很會說話，非常婉轉地說當初她答應的婚事，葛衣情自己並沒有知道，現在她女兒反對這個婚約，時世同以前不同，做母親的也沒有辦法。舵伯很堅決也把我的態度說給她聽。她很高興，只是不願意我同葛衣情兩個人單獨見面，後來舵伯作主，由他同班主陪同我與葛衣情見面一次，約定第二天上午在戲院裡。

為想念葛衣情，我曾經受過許多痛苦，但是在那個場合，我心裡倒很平靜。我同舵伯去的時候，葛衣情已經在那裡了。她坐在班主的對面，低著頭，兩手玩弄著兩面垂下來的髮辮，她比以前白皙豐腴，更顯得嬌豔與美麗了。

班主招呼我們就座，舵伯坐下來，我則仍舊站在那裡。我當時就直接地問葛衣情。我說：

「衣情，你是不是想解除我們的婚約？」

「那是我母親的意思。」

「你自己呢？」

「我……我，我覺得我們年紀太輕，太早了，太早結婚對你我都是不好的。」她仍舊用她纖長的手指弄著髮辮，沒有看我。停了一會，她又說：「你對我很好，我知道，但是我還想演戲，也許我可以到上海去演戲……」

「那麼我們何必要……，我們晚一點結婚也可以。」

「可是這是沒有日子的，而且，我們……」她忽然又停了一會，於是說，「我覺得我們都還年輕，我們都沒有讀過什麼書，我現在每天讀兩個鐘頭書。」

「你是不是喜歡那個姓劉的了？」我不會說話，想了半天才問出那麼一句。

「他也對我很好，每天教我書。」

「但是讀書是他們城裡人的事情，」我說，「我們是鄉下人。我已經看好田，我有錢可以買田，買了田我們可以有一個家。讀書有什麼用？況且我也已經認識一些字了。」

「可是我不想過鄉下的生活了。我父親是種田的，苦了一輩子，沒有出息。所以我現在不想嫁人，如果要嫁人，我也要嫁一個讀過書的人。」

「好了，好了；既然這是你自己的意思，我們就把婚約解除好了。」我很痛快地說。說完了我就一個人跑了出來。

我一個人回到旅館，我躺在床上，我心裡很難過，但是沒有哭。隔了許久，舵伯回來了，他帶回了她們退還給我們的兩千元聘金。

舵伯看我不快樂，他說：

「不要難過了，為女人難過是不值得的。你還年輕，將來要碰見女人正多。多碰見一些女人就會覺得女人都是一樣的。一個男人碰見第一個女人，正如女人養第一個孩子，以為只有這是一個奇跡，等多養幾個孩子，就會覺得這是平常得同大便一樣了。」

但是我沒有理他。他又說：

「老實說，像你這樣的年紀結婚也太早，我根本就不贊成你這麼早成家。男子漢大丈夫，到處都可以找女人，什麼女人都可以做老婆，稀罕什麼。」

我又沒有理他。他於是又如此這般同我講，足足講了兩個鐘頭，我還是沒有理他，最後他可是發怒了，他圓睜了兩眼大聲地說：

「野壯子，你同我在一起，我一直沒有罵過你打過你，今天我要打你了。為一個女人，這樣想不開，你還像個男人不像？」說著他就提起粗厚的手掌批我的面頰，他說：「起來，給我起來。」接著他又打了我兩下，把我推倒在地下。

我從地下爬起來，我說：

「好，你打我。」

「我教訓你，你需要教訓。你要是像一個男人，你也打我。要是你打倒我，我把葛衣情搶來，做你的老婆；要是你打不過我，你聽我的話，跟我去玩玩女人。你不是女人，睡在床上撒什麼嬌？」舵伯說著又過來打我一個耳光。

我一氣，冷不防的就在他肚裡打了一拳，但是他竟是毫不覺得似的，握著我的手臂，又打我的耳光。我就用左手在他的臉上打了一拳，他忽然哈哈大笑，一翻身就把我扛在他的肩上，輕輕地把我拋在床上，他用一隻手握住了我的兩隻手腕說：

「你不要以為你的力氣大，老實告訴你，那天在杜氏宗祠，你帶著葛衣情到後面去的時候，誰在為你抵擋許多追你拉你的人呢？你以為你自己有本事麼？」他哈哈大笑地說，「笑話！你會什麼？你什麼都要從頭學起。打架，哈哈哈哈。」

這時候，我才想到那天在杜氏宗祠我所以能夠這樣順利地把葛衣情帶走的道理，但是那天我竟一點沒有看見舵伯也在打架。他一隻手握著我兩隻粗壯的手腕把我按在床上，我除了兩隻腳瞎踩以外，什麼都不能動了。我於是不得不認輸了，我說：

「好，我認輸了。讓我起來。」

舵伯鬆了手，我從床上起來。他握緊了拳頭對我晃搖幾下說：

「看看這個，我就不能用這個打你。」

我用手摸摸他鐵一般的拳頭，我知道他為什麼不用拳頭打我了。

「告訴我，那天在杜氏宗祠，你在什麼地方？我怎麼沒有看見你？」

「我在後面，看見你跳上戲臺，我就跑到前面，許多人都想跳下去，都被我攔住了，否則你怎麼走得脫。後來你帶著葛衣情從後面下去，我就跳上戲臺，於是大家都跳了上來，有的看見葛衣情，嘟囔著來追，就是我把守著台門不讓他們下來的，你都不知道。」

「那麼說，我同葛衣情的事情也是你造成的。」

「我早就知道你喜歡那個妞兒了。」他說，「好，現在不要談她了，穿好衣服去玩玩，明天我們開船去做生意，有了錢，我們到上海玩玩去。」

在我洗臉穿衣服的時候，舵伯又說：

「現在你還想買田麼？」

「我不想了，沒有老婆，我沒有法子學我爸爸，我要……我要……」

「你要學我了，是不？」

「我不知道。」

其實我知道我即使要學舵伯也是不可能的。他的樂觀，他的氣魄，他的對什麼都不在乎都不是我所能學的。

現在我知道他的生意並不是正當的生意，他走私，他販土，他也為人家販賣軍火。他先是不讓我知道，等我知道了他也不隱瞞，但是對於我膽小憂慮害怕的情形，知道我是不配做他的夥伴的。

而實在說，我對於發財並沒有多大興趣，我雖然已經並不以葛衣情為念，但是對於葛衣情羡慕讀書人的事情，始終在我腦子裡。

於是，當舵伯知道我對於他的發財夢想沒有十分興趣時，他問我打算怎麼樣，我告訴他我要讀書。他想了一想，表示並不反對。

他告訴我他在上海有一個朋友，我可以到上海去，讀書的事情可以同那位朋友商量。他把錢分給我，教我把所有的存款匯到上海，存在上海的銀行裡。

七

現在回想起來，我真不知道為什麼我有這樣的決心，一個人離開舵伯到陌生的地方去。唯一可以捉摸的，是我當時有一種想過孤獨生活的意念，我要離開一切我所熟識的世界。要沒有這一念之差，我當然會同舵伯一起活下去，那麼，我的生命也就會完全不同。人生往往就是這樣的毫無目的與毫無計畫地決定了一切。

到底讀書是什麼我並不知道，到底讀書是為什麼我也不知道，我並不以為讀書可以使有我更多的收入，或有更好的生活。其他更高的理想我當然更不會有。我只覺得社會與葛衣情都在看重讀書，我為什麼不能讀書呢？

我就這樣到了上海，舵伯的朋友姓呂，我叫他呂叔叔，他開了一家兩開間的煤炭店，我就住在煤炭店的樓上。呂叔叔有一個兒子十六歲，叫做呂頻源，他已經在中學讀書，我的讀書的事情，由他同他們學校裡的教員商量，他還帶我去看那個教員，那個教員介紹我到一家補習學校。他還為我想了一個正式的名字——周也壯。

我的讀書生活是這樣開始的。而我漸漸覺得這生活很新鮮有趣。我手邊的錢足夠我不愁衣食，我毫無煩惱地照著學校的程序去讀書。我的個性很好勝，為我自己的不足，我在夜裡還請了私人教員補習數學與外國文字。這樣的生活一直過了三年。

我不想，也無法敘述我在這三年中的生活，那是一段最充實而平靜的生活，我好像只有一個讀書的目標，我既不愁錢，又有強健的身體與倔強的意志，我沒有任何其他的欲望，我一心想追趕中學的課程，接著我的知識欲慢慢地旺盛起來，我貪讀許多書籍，我消化一切我可以接受的精神糧食，我的心靈似乎也逐漸起了變化。

就在呂頻源中學畢業的那年，我同他一起考進了大學，那正是我到上海第四年的暑假。

於是我知道學校生活是怎麼一回事，進大學兩年後我已沒有以前一樣的用功了。我對戲劇發生了興趣，我讀了不少關於戲劇的書，變成學校劇團裡的幹事。

就在那時候，越劇在上海漸漸風行起來，有一天，我偶然在報上看到了葛衣情的名字。

究竟這個葛衣情是我以前未婚妻葛衣情呢，還是另外一個葛衣情？這當然是我馬上想到的問題。我當時就去買了一張最前座的戲票，夜裡我就到台前等候葛衣情的出場了。

我在上海這許多年，我已經看到不少東西，我的知識使我已經不是以前的我。人不是神，神的智慧可以跟著自身存在，而人則是要從生活裡才能學得。人也不是動物，動物的智慧在生理成熟的時候也已成熟，而人則在生理成熟以後，智慧還要不斷地發展。在華貴光亮的舞臺前，那些當初我認為奇跡的唱做與表情，如今看來，竟是庸俗、醜陋、低級與無味了。沒有比一個人失去夢想中的美麗更為悲哀與空虛了。假如我不到上海，不讀書，也許鄉下草台的越劇可以每年供給我精神上的調劑與娛樂吧，如今則使我感到索然無味了。那麼為什麼我要把我美麗的夢幻打破呢？但是，這是人間，人間無不謝的花，無長綠的樹，無不醒的夢，人間也無不散的筵席。

於是，葛衣情出場了，我原以為她一定不會同別人一樣，但是她同別人沒有分別，她的裝腔作勢的動作，她的庸俗單調的聲音，竟是千篇一律的。她本來如酒的眼光與如花的笑容竟都是沒有靈魂的表情，這一個我認為是仙子的女性如今竟是一個平凡的戲子。這變化是在她還是在我呢？我知道這不在她也不在我，而是人間，是那永遠在變化的人間。

但是，不知道為什麼，葛衣情對我竟仍有一種吸引的力量；我看到她比以前胖了，她的眼光是輕浮的，她的笑容是挑逗的，她是一個男人所喜歡的女性，而我不幸竟也是一個男人。

就在許多人對她叫好鼓掌的時候，我叫了一聲：葛衣情！她的眼光忽然看到我了，她在熟練的表演之中，偷看我三次，終於她認出是我了。

於是，在她下場以後不久，茶房送我一張字條：

「你是野壯子麼？那麼，戲散後請到後臺來談談。衣情。」

野壯子這名字好久沒有人叫了，我聽了竟非常親切。但也使我因此想到了舵伯，我已經幾年沒有同他通音訊，不知他是否還在做生意。

戲散了以後，我就到了後臺。在零亂局促的房間裡，我發現葛衣情已不是以前的葛衣情，她眼睛非常活動，笑容一直掛在臉上，一見我就倒出她滔滔的話語，一面說話一面飄蕩著眼光，她沒有問我近況，她只告訴我她後來嫁了姓劉的，一年以後就離婚了。她母親嫁給班主，現在在鄉下，過得很好。她說到上海已經兩年，問我為什麼不早找她。我說我根本不知道她在上海，昨天看了報才知道的。

我一面看她下裝，一面聽她說話，在她滔滔不絕的談話中，不斷地有人來打斷她的話語，同她說些什麼，她應付這個那個以後，又繼續同我談這些她自己的事情，我沒有說什麼，只是偶爾問一個字兩個字的。最後，我在她的話語稍停的時候，開始問她知道不知道舵伯的情形。

「啊，」她忽然說，「自從他吃了官司以後，一直不知道他情形。」

「吃官司？什麼官司？」

「你不知道麼？不知道他做什麼生意，吃了官司，聽說判了三年徒刑，現在已經有兩年多了。」

「真的。我一點不知道。」這消息很使我吃驚，我當時就問，「在什麼地方？我希望可以去看看他。」

「據說在杭州，你要知道我可以寫信問我母親去。」

葛衣情下裝以後，她告訴我她晚上有應酬，約我後天再去看她，她要請我吃飯，同我詳細談談。

那天我回到學校裡，精神非常愉快，好像我慶幸自己當初沒有同葛衣情結婚。但是奇怪的是我對葛衣情竟有另一種說不出的情感，人類的感情有時很難解釋，愛與欲在人的生命中往往混合著使人不知所以。

兩天以後，我與葛衣情在旅舍裡過了一宵，要說這是沒有愛情，我們決不會這樣快樂；要說這是愛情，則我們彼此並沒有想永久在一起。她沒有同我論婚娶，她只是告訴我，在她嫁了姓劉的以後，她開始發現她愛的是我，她想著我，一直想著我，一直到她離婚以後才把我淡忘去。

這以後，我們也有過幾次幽會，但是每一次都使我減少了對她的興趣。最後，我對她竟感到厭倦了。她打電話給我，我只好找托詞避她了。

我始終不瞭解這是為什麼，但是在我，一切都發於自然。我是一個凡人，人間不是天堂，那裡沒有常美的景，沒有常鮮的風光。人不是神，在生命的變化之中，年齡的增進之中，人不能有不變的感情，也不能有常駐的青春。衣情從她母親那裡打聽到舵伯是在杭州的陸軍監獄裡，我決定在暑假裡到杭州去看他，我也就借此離開了衣情。我想在杭州山上靜靜地住兩個月，每星期也可以去探訪舵伯一次。

舵伯關在陸軍監獄裡，我一到杭州，住定了旅館就去探望他。這是我第一次看到監獄。看到了監獄我想到的就是自由。我想自由對別人也許還不重要，對舵伯是多麼重要啊！他不知道痛苦成什麼樣子了。

可是，出我意外，當我見到他的時候，他的笑聲竟同以前的沒有分別。他還是以前一樣的壯健與愉快。時間很短促，我只能找最重要的問他，問的就是「自由」。

他說人間就是監獄，有人覺得人間太小，有人覺得人間太大；覺得人間太小的人想跳出人間，覺得人間太大的人想跳進監獄。我以前想成家種田，想進學校讀書，都是想跳進監獄；他在監獄也等於我的入學校讀書，他說他心裡一直很自由。

我問他需要些什麼，他說什麼都不要。那麼是不是要些想吃的東西？他說不要。他四個月後就可以出獄，那時候他要到上海買一所房子，他將痛快地享受人生。我想問他經濟的情形，但並沒有說出口。時間不允許我們多談，我就出來了。

第二天我在山上玄林寺裡找到了房子，我很安詳地搬了進去，我每天可以非常清靜地讀書，覺得離開了葛衣情，真是輕快了許多。

我茹素，伙食包在寺裡，整天不下山，黃昏清晨我總是一個人在山上遊蕩，生活過得非常舒服。一星期一次我去探望舵伯，借此進城買點東西尋點書籍。我與舵伯有許多話可談。我也告訴他我同葛衣情重會的事情，而他的消息也是葛衣情給我的。他聽了毫不詫異，他說女人的誘惑同一切監獄的誘惑一樣，但是那是最狹窄的監獄，只有最不愛好自由的人或者老年人才會去找這個監獄，他認為我能夠擺脫葛衣情表示了我已經瞭解了女人。

八

我在山上住得非常平靜，但是就在我預備回上海的前兩星期，我偶爾到一個陌生的方向去散步，那天天氣很好，是黃昏。太陽已經西斜，藍灰的天空有一半是紅霞，滿山都是蟬聲，樹上噪著歸巢的鳥鳴，時而有輕輕的風掠過，遠處的青草與樹叢閃映著光暗的波浪。我不知不覺翻過了山坳，於是我看到舒展在我前面的錢塘江，江面閃動著鱗瓣般的金波，浮蕩著時隱時顯的幾點白帆。為貪戀這幅圖畫，我就一直下坡走去。那條路不寬，雖是曲折但很平順，因為前幾天下過雨，泥路還沒有全乾，所以踩在上面，有點像腳上穿著塑膠鞋一樣的感覺。我走了大概有十分鐘的工夫，忽然看到了前面的炊煙，我好奇地轉過路梢望去，看到一所孤零的房屋。這是我在山上住了那麼久第一次的發現，所以我想索性走近去看看。遠望雖是不遠，走過去路一轉彎，也顯得不近。於是我聽到了潺潺的流水，前面原來是一條溪流，順著溪流走著，我忽然也忘掉了我的目的。可是走不很久，那所房子忽然又在前面。這樣我就又想走近去看看。

等到我走到那所房子的時候，我才發現已近山腳。那所房子原來是一個庵堂，匾額上寫著靜覺庵的字樣。庵堂的前面有一條很寬很直的路，兩面種著很高的冬青樹，我沒有走進庵門，但是我聽到錚然的磬聲，這正是庵尼做晚課的時間。聽著磬聲，我順著冬青樹的路下坡走著，走到盡頭，我發現右面不遠有一個小小的市廛，左面則是一條河流，上面流下來的溪水當是在這裡聚集，我相信這河流是通向錢塘江的。

一到山下，才知天色已經不早，太陽已經看不見了，月痕浮在天際，我想到我應當趕緊回去。就在這時候，我在溪流發現一條小路，我看這正是順著溪流下來的，所以我就沿著這條路走上去。可是走不了多久，這小路竟彎向左坡，與溪流分道，繞了很久，我發現那裡是一塊斷崖，上面的溪水是從這個斷崖上倒掛下來，成一個小型的瀑布。

就是這斷崖上面，忽然我看到有一個尼姑坐在那裡。她曲著背，好像兩手掩著面孔，從左翼看過去，似乎她就在瀑布的上面。順著小路，我好奇地走上去。但是這條路是盤旋的，我並不能一直看到這個懸崖，所幸一到上面，這小路又同溪水的水道會合了。

如今我確確實實地看到那個尼姑是坐在瀑布附近的岩石上了。她還是曲著背，面部埋在手裡。水聲潺潺，我聽不到她哭聲，但是她的背起伏著，我發現她在哭泣。

不知怎麼，我很快就想到她是來尋短見的。我走過去，沒有經過考慮，我突然問：

「對不起，靜覺庵是在這裡附近麼？」

在潺潺的水聲中，想她一直沒有聽到我的腳步聲，我一問，使她吃了一驚。她突然抬起頭來，半晌沒有說什麼。

她的眼睛是紅腫著，但是我看到她美麗的臉龐。玲瓏的鼻子，小巧的嘴，尖削的下頦，都非常勻稱。她有一雙活潑的大眼睛，雖是已經哭得紅腫，可是仍不失它的動人的嫵媚。

她似乎是一個只有十六七歲的女孩。我看她發呆，就一面走過去，一面說：

「靜覺庵，你知道麼？」

「就……就在下面。」她勉強地說。

「你是不是靜覺庵裡的尼姑？」我走得更近了，我問。

突然，她哭了起來，現在我已經聽到了她的哭聲。我說：

「什麼事？怎麼一個人在這裡？」她哭得更厲害了，但不說什麼。

「天色已經不早，回去吧？你是在靜覺庵裡麼？我陪你回去。」

「我不回去。」她啜泣著說。

「為什麼？」我問。她不說，只是哭。

「有什麼事，你同我說好麼？我雖是一個過路客，但是我一定盡我的力量幫助你。」我說。

她不理我，還是哭。於是我拉著她手臂說：

「回去，回去，有什麼話，到那面再說？是不是你的師父虐待你？還是怎麼？」

「我不回去。」她說。

「天色快暗下來了，你一個人在這裡是不對的。你如果有什麼委屈，請你告訴我，我替你設法。如果不說，那麼我就拖你回靜覺庵了。」

「我不是靜覺庵裡的。」

「你不是靜覺庵也沒有關係，我可以叫她們安頓你一晚，明天送你回去，你一個人在這裡哭總是不對的。」

不知怎麼，她又劇烈地哭起來。

「回去，回去，跟我走。」我開始用力拉她的臂膊了，我說，「我知道你在這裡想什麼，但是什麼事都可以商量，你還年輕，一個人只能死一次，是不？」

就在這個時候，我忽然聽到後面的人聲。

「她在這裡，就在這裡。那男人也在這裡。」

我回頭看是一個農夫陪著一個六十來歲的老尼姑。我怕這小尼姑會在驚駭中向崖中捨生，所以一直拉著她，等她們走過來。

老尼姑手裡拿著念珠，安詳地過來。她的臉是慈祥的，但是沒有笑容，眼睛一直盯著我。那個男人是一個農夫，想是尼庵裡的長工，他看看老尼姑，看看我，很快地過來握住了我的手臂，但是老尼姑叫他放手，她很鎮靜地走到我的身邊，向我打量了一番，於是說：

「這樣很好，跟我到庵裡去談談吧。」她說著望望小尼姑，說：

「走吧。」

她的話很有效驗，那位小尼姑就站了起來，她的腳是潮濕的，沒有襪子，只穿一雙黑色的布鞋，我發現她的腳是纖小美麗的。老尼姑過來拉了她一把，一面說：

「你真是作孽。」

她很服從地跟著老尼姑。我跟在後面，那位長工跟在我的後面。走到路上，我說：

「那麼我回去了。」

「你想回去？」那個長工說。

「我看先生也是一個讀書人，鬧起來大家不好聽，還是跟我到庵裡大家談談吧。」老尼姑在我前面說。

「我只是在這裡走過，看到她在那裡要尋短見，就去勸勸她。你們到底是怎麼回事了。」我說，「天已經快暗了，我還要趕回去呢。」

「沒有關係，來不及，我們小庵裡可以住一宵；我想跟先生談談，我看你也是讀過書的，男子漢，自己做事自己當。」老尼姑說完了就不說什麼。後面跟著我的是一個長工，如果我要奪圍，我相信我是很容易把他打倒的。但是我一方面有一種好奇心在驅使，想知道事情的究竟，一方面，老實說，那個小尼姑的問題很使我關心，我想她一回庵裡，一定會受老尼姑的苛責，我跟去也許可以幫她一點忙，勸勸老尼姑。其次，這時候天已暗下來，我走回去還有許多路，到她們庵裡休息一晚也好，所以我也就不說什麼，就跟著她們走著。我說：

「師父，你們是不是就是靜覺庵裡的？」

「就在前面。」走在我後面的長工說。

九

我沒有再說什麼，跟他們走到靜覺庵。庵裡非常靜寂，院中已經沒有陽光，幾隻麻雀在簷前叫跳。老尼姑同長工說了幾句話，長工就帶我到後院的廂房裡。他倒了一盆水給我洗臉，又拿了一壺茶進來，他斟了一杯茶給我。等我洗了臉坐下來喝茶的時候，那位老尼姑就走進來了。她問了我姓名，接著說：

「先生，看來你還是一個學生，我想你還沒有結婚。」

「沒有。」

「那麼。」她安詳地看看我說，「我想我們也不必牽動大家，我希望你可以負這個責任，我讓印空還俗就是。」

「老師父，」我非常詫異地問，「到底怎麼一回事？我真的什麼都不知道。」

「你年紀輕，我也不能怪你，不過男子漢，自己做事自己當。」

「我真的什麼都不知道。」我說。但是她並沒有理我，只是接著說，「印空不是一個壞孩子，她母親死了把她托給我，也還沒有受戒；出家的事情也靠因緣，我也不想一定要她出家。她人也聰敏，這些年來我也教她識字誦經，既然你們有這份孽緣，你就娶了她吧。」

「娶了她，你的意思是……」我說，「我不過是一個過路的人，看她在哭，怕她尋短見，才過去問問她。」

「年輕人，你不要裝糊塗了，她肚子裡已經有三個月的孩子了，你不負責，不要說她活不下去，我們庵堂名譽掃地，也不要想在這裡立足，我總不能讓她在庵堂裡養孩子，是不？」

「但是，但是，你難道不知道這男人是誰麼？」

「是你，她剛才已經什麼都告訴我了。我希望你負起責任來，我讓她明天跟你去。」

「你是說她告訴你那父親是我麼？」我說。

「是的。」她說。我當時真想發脾氣了，繼而一想，這不是老尼姑的事情，我應當去責問那個小尼姑才對。我說：

「那麼我可以單獨同她談談麼？」

「可以。」老尼姑說，「我叫她來看你。你們談了請給我一個回音，倘若你一定不肯，那麼也請你自己想個辦法。我主持這個庵堂已經四十年了，如今出了這樣的事情，我怎麼對這裡的人去說。」

不等我說什麼，老尼姑已經站起來走了。一時我心裡非常生氣，怎麼這個小尼姑竟把這樣的事情冤枉到一個陌生的人身上？那麼她真正的對手是誰呢？我希望同她談一談，只要她肯說實話，我相信我可以幫她們把那個男人找到的。

我點上一支煙，生氣地等印空來，我預備嚴正地斥責她一番。叫她把經過告訴我，我再設法幫助她。

十分鐘以後，她果然來了，她換一件潔淨的灰色的僧衣，領間露出雪白襯衣，她已經穿上鞋襪，非常飄逸，臉上也沒有剛才痛苦的表情，含羞的微笑裡蓄著一個說不出的憂鬱，大圓的眼睛閃著猶疑的光芒。

那時房內的光線很暗，她進來了，一句話也不說，像一瓣落花飄落下來似的輕輕地坐在桌邊。我一時竟不知道怎麼樣啟齒才好。我站起來，走到房門邊，把門掩上，於是我走到她的面前非常和藹地說：

「印空，你的名字叫印空是不？」

她只是望著我，用猶疑而空虛的眼光看著我，不斷地眨著她靈活的眼睛，不說什麼。

「我同你無冤無仇，你知道我今天是第一次看見你，你怎麼把你肚子裡的孩子推到我身上呢？」

她沒有理我，突然把頭低下，她若無其事地把手放在桌上，順手拿起桌子的一匣火柴玩弄著。

「我希望你不要冤枉人，只要你告訴我，我想我一定可以幫你把那個人找到。你總知道他是幹什麼的，現在到什麼地方去了。」我說時，她竟把臉低向桌子，索性兩隻手放在桌上，打開了那包火柴。

她沒有說什麼，我於是走到桌子邊坐在她的左邊，我注意到她瘦削而細長的手指。她忽然移動了桌上的油燈，劃亮了火柴把燈點了起來，昏暗的房中頓時有了光亮，就在這個燈下，我看到她秀削的臉上具有令人難忘的可憐與可愛，我的心頓時軟了下來，但是我的頭腦更加焦躁。我說：

「我不知你為什麼要害我？你以為這是辦法麼？即使我帶你離開此地，你想你嫁給我會幸福麼？你怎麼知道我家裡沒有太太呢？」

「先生。」她終於說話了，這一次她竟用非常堅決的眼光看我一眼，她說，「我並沒有要嫁你。」

「那麼，你為什麼說那件事是我幹的？」

「這也是緣。」她感慨地說，「就在我第一眼看見你的時候，我真以為他回來了。」

「他，他究竟是誰？」

「他答應我回來的，」她說，「他答應我回家同父母說明了回來接我的。」

「那麼你等他就是了，為什麼冤枉我呢？」

「我希望你會帶我離開這裡，我要去找他。」

「這也沒有什麼難辦。」我說，「不過你不應該說是我的責任。」

「但是我已經跟了一個男人有了孩子，我師父怎麼肯讓我跟另外一個男人走呢？所以我就照我的印象說了。請你原諒我，也請你救我。我可以做你傭人，做你妹妹，伺候你，為你洗衣燒飯，只要你暫時承認這份事，帶我到上海，幫我去找他，我知道他是在上海的。」

在我看起來，印空不過是十七八歲的女孩子，但是她的話竟不是一個像她這樣年紀的人說的。她說完以後，眼眶裡浮起兩粒豆大淚珠，她沒有表情，聽憑淚珠滑到她的臉上，她用手抹著臉上的淚水，於是瞟了我一眼說：

「如果你以為我不該這樣說，那麼你帶我到師父那裡去吧，我可以照你要我說的說。不過，假若我照你要我說的對師父說，即使你願意帶我去，她也不會允許的。那時候，我還是要自殺。如果我不死，我師父同她的庵堂就會被我牽累的。」

她的話使我很感動，半晌，不知怎麼才好。她又說了：

「我想你是怕我自殺來救我的，如果沒有你，我現在已經很安詳地死在瀑布下面了。但是你並不能夠救我，是不？」

「我希望我可以想另外的辦法來幫助你。」

「沒有別的辦法了！」她說，「師父只要我找到那個男人，跟他去還俗。她不會把這事情同別人說的，你只要對我師父承認就是，一離開這裡，算我是你妹妹也好，算我是你傭人也好。在我，你始終是我的救命恩人。」

她說完了，看我一眼，等我回答。但是我竟不知怎麼回答了，我想單獨一個人考慮一下，我說：

「那麼，讓我考慮一晚吧，我希望會想出更好的辦法。明天一早我給你回音。」

「也好。」她冷淡地說，「其實，即使我現在否認你是那個男人，師父也不會相信的。如果你不是他，任何解說也不能做你帶我走的理由的，一個肚子裡有孩子的小尼姑，除了我的父親同那個孩子的父親，誰也沒理由肯負這個責任的，是吧？好，謝謝你。晚飯大概就會送來的，吃了飯早點睡吧。」

印空說著就站了起來，她的話似乎都是考慮了許久才說的。我沒有留她，望著她走出房門。

十

印空走後，我一個人感到說不出的惆悵。這個女孩子，第一個給我的印象，是一個天真無知懦弱的孩子，如今留給我的印象則是一個聰敏能幹堅強的女孩子了。以她的聰敏能幹，應當是不會上一個男人的當的。但這也許是她的大膽，在這樣環境中長大的人，竟有膽子做出這樣冒犯清規的事，可說是不平常的。如今她要我帶她跳出這個環境，又不惜用奇譎的手段，也足見她是一個了不得的女孩子。不知怎麼，一時間我竟被她的不平常所折服，我的個性裡有一種對什麼都想知道一個究竟的欲望，我忽然竟想知道她的發展與變化。事實放在面前的是如果我存心帶她出去，承認不承認這件事有什麼關係，印空的目的在尋找她的負心的情人，她所說願意做我的婢僕，我相信這是真心話。從她個性來看，她為要達到目的，她是可以不擇手段的，問題只在我是否願意幫她。而我知道我是願意幫她的，那麼我沒有理由一定要固執地否認這個謊話。

就在我這樣想的時候，那位長工送上了晚餐。是兩碟蔬菜一碗湯。跟著老尼姑也進來了，她手裡拿著念珠，很客氣地說：

「對不起，沒有什麼招待你。」

「師父，你用過飯了？」

「我先吃了。」她說著就坐在遠處一把籐椅上，一面她吩咐長工為我點了一盤蚊香，她說：「這裡蚊子很多。」
長工點好蚊香出去後，她說：
「沒有菜，你用飯。」
就在我吃飯的時候，她忽然說：
「先生，我看你絕不是一個壞人，年輕做錯事都有的。我希望印空跟了你，你們會很快樂，明年可以帶著孩子來玩。」
我想說這孩子不是我的，但是我不知道怎麼說可以使她相信，所以我沒有作聲。她於是接著就問我：
「你家裡在上海麼？」
「是的，」我說，「我沒有家，只是住在上海就是。」
「有父親母親麼？」
「沒有。」
「那麼更應當成家了。」她說，「印空很聰敏，只是脾氣有點怪，你教教她就是。」
「但是，老師父，」我說，「你真的放心她跟我去麼？」
「這也是前世孽緣，我想這於印空同你們的孩子都是對的。」
「可是你知道，……」我還想辯解，但沒有說下去。我改了語氣又說，「我想我現在說也沒有用，不過為了她同她肚子裡的孩子，我就帶她去上海；我相信不久你就會明白，到底這件事是怎麼回事。」

「我都明白，我都明白。」她說。

她一直陪我吃完飯，我未作其他的辯解。我在她去了以後，重新考慮我對這件事情的處理。

我不知道我考慮是根據什麼。在那靜寂落寞的夜裡，我想到剛才印空來看我的情景，她的長長的手指玩弄火柴的姿態，她的含著悲哀的眼光，她的秀削的臉龐，一時間浮在我的眼前的竟是這樣的清楚。我想到假如她來陪我閒談，共度那淒清的夜晚是多麼好呢？我發覺我在同情她了，或者說在需要她。而這又是多麼不同於當初我之需要葛衣情。

我一直到我腳下的蚊香燒盡時才進帳就寢，在竹席上我輾轉了許久方才入睡。我當時想到舵伯出獄後的計畫，他告訴過我他要在上海舒服地做寓公，那麼我何妨同他住在一起，也何妨把印空帶去住在一起，家中有一個女人同一個孩子是一種慰藉也是一種溫暖，而印空正可以幫我們處理家庭中的事情。我不知怎麼竟相信舵伯會喜歡印空這樣的女性，她也許可像舵伯的女兒一樣做他孤獨的伴侶。我這樣一想對於這件事竟非常樂觀起來。我懷著很安詳的心境入睡，醒來已是滿院雀鳴。

在我盥洗完畢後，印空端了稀飯進來。沒有在她發問前，我就告訴她，我已決定帶她去上海，但要在兩星期之後。在這個時期中我自然會常來看她，叫她放心。

印空用疑問的眼光看了我許久，於是她表示很信任地問我住在什麼地方。我叫她在這時間中把頭髮養起，我答應為她置辦一些世俗的女裝，我覺得她是必須穿著世俗的女裝才可以同我進城的。

早餐後，我就去見她的師父，我對於印空肚子裡的孩子沒有承認也沒有否認，但是我告訴她，我決定帶印空還俗去生活。不過要在兩星期後才來接她。

老尼姑開始時似乎還怕我是撒謊，怕我走了以後不會回來。可是沉吟了一會後，她又望望印空，於是說：

「很好，這樣很好。不過你要記著，如果你撒謊不來，那麼，我怕她還是不願在世上偷生的。」

這意思，當然是說我如果失信，就是謀害了印空同她肚中的孩子了。她當時叫印空在佛殿上了香，叫我們兩個人跪在殿前禱告。於是她吩咐印空送我回到住處。我當時認為這是多餘的，但老尼姑很固執這一點，印空似乎很高興這樣做，我也就不說什麼。

就在從靜覺庵到我住的玄林寺的途中，我開始和這個不尋常的女孩子有比較廣泛的交談。她告訴我她很平凡的羅曼史。

那個男人是一個上海藝專學繪畫的學生，第一次看見他就在那個瀑布下面寫生，印空只是在後面看他繪畫，她從小就喜歡用筆描畫一些山水花卉，看他油畫的工具很感到好奇。但是他們並沒有說話。隔幾天她又看見他了，他問她像不像，她說不像，他告訴她他要的就是不像。這是他們談話的開始。以後好像彼此常常不約而同地到那個地方去。一直到有一天黃昏，天下了雷雨，印空幫他拿東西躲到一個山洞裡，兩個人才談到了自己，以後很快地就熱戀起來。男的決定回家同家庭商量了辦法，來接印空還俗讀書。他走的時候並不知道她已經有孕，他一去四個月什麼消息都沒有，所以她要到上海去找他。

天色還早，草叢上都是露水，太陽斜掛在山左，曬到我們所走的山路不多，習習的山風吹來，樹上已響起了蟬聲，印空時而走在我的前面，時而走在我的身邊。她講她的際遇，好像講別人的故事一樣，並沒有動什麼感情。

印空送我到寺後就回去了，她似乎並沒有疑心我會逃脫，她好像很有把握似的覺得我已經不會再拒絕她了——無論是根據憐憫與喜歡。她很輕鬆而愉快地迎著斜陽回去，我望著她的影子在樹林間消失，對於她倒覺得是一個可以做伴的朋友。

第二天我到監獄裡去探視舵伯，我把印空的事情告訴他，我滿以為他會說我懦弱，但出我意外的，他竟非常高興我有這個奇遇。他好像馬上有一種奇怪的憧憬覺得這樣的女性正是我們以後生活中所需要的，他告訴我他出獄後打算在上海置一所大洋房，大家可以同住在一起。他已經苦了一輩子，現在打算好好享福了。他叫我到上海後先把印空安頓在朋友家裡，等他出獄後重新計畫。

以後的兩星期中我為印空購買服飾與便裝，去上海的前一天，我又帶她去看舵伯。印空頭髮還沒有養長，她穿的是一條長袴與襯衫，像一個男孩子。

我只告訴她，舵伯是我父親的朋友，我無從把舵伯的生命詳細對印空介紹，像印空這樣從狹窄生活裡生長的少女，是無從瞭解舵伯的。就以外形來說，嬌小年輕的印空與粗偉老蒼的舵伯是一個對比，在舵伯旁邊的印空，正像是蒼勁的松柏下的一朵小花。

我在為他們介紹時就有這個感覺，久久以後我想到為什麼當初我沒有把葛衣情同舵伯作這個比較，而單單對印空有這樣看法，我無法對此有所說明，可是在監獄接見囚犯的環境之中，舵伯的囚衣與其未加修飾的面容同換了新裝煥發的印空站在一起是多麼明顯的一個對比呢？

印空給我的印象就是她並沒有勢利的表情，她只有點害怕與羞澀，這是她第一次走進複雜的環境，並不能適應，但是她也未能掩飾她的嬌憨與好奇。舵伯沒有對她說什麼，可是看了她幾眼以後似乎對她已經瞭解了。我知道印空並沒有給舵伯失望。

同舵伯道別後，第二天我們就到了上海。

我把印空的名字改作映弓，把她安頓在姓王的一位朋友的家裡。他是我的同學，他一直住在學校裡，喜歡運動旅行，總是不回家的。家裡只有她的母親，一個姑母，同兩個很小的弟妹。在靜覺庵中，印空也認識一些字，如今那位姑母也開始教她讀點書。在日常生活中，印空也很快學會了幫助料理家務，照料他們的弟妹。

我自然仍舊過我的學校生活，我於每星期看映弓一次。

但沒有比年輕人更能適應環境，也沒有比女人更能適應生活。尤其是對一個毫無宗教信仰的少女，從刻苦耐勞的克己的庵堂生活，到這個都市中小康的家庭裡。每一次我去看她就發現她的變化，她的頭髮天天在長，肚子天天也在膨脹，然而這還是其次，由於生活上的溫暖與舒適，她的皮膚一天天蛻化白潤與嬌豔，她的眼睛一天天變成靈活而有光。而她的態度與舉止，好像是天邊暮霞，時時都在變幻，時時都有各種的色澤。

我驟然發現我在惦念她了，我時時想去看她。我從一星期一次變成了兩次，以後變成了三次四次，她成為我課外唯一想見的人了。

映弓也許在那個家庭中嘗到了人間的溫暖，而我則在映弓身邊嘗到了家庭的溫暖。她常常使我渴望著去看她的笑容，也往往留著一些可口的東西給我吃，或者是熱心地為我去做一點點心與飯菜。她每次總是有點關心我的話，不是說：「昨天我以為你要來的，我留著一點點心，後來壞了。」就是說：「你來得正好，我正為你留著一些糖炒栗子。」

有時，當我們的話已經說完的時候，她會對我憨笑，於是會像發現奇跡似的說我衣裳的扣子怎麼掉了，她馬上要我脫下來為我縫去。

是這樣的一種誘惑，使我常常想去看她，我去的時候自然也總帶著食物，這使她們整個的家庭對我非常親切。

但是，人間對映弓所啟發的並不是宗教的啟發，一切人情的趣味都有美麗與醜惡。不知是從什麼時候開始，我突然發現映弓已經很習慣於坐在牌桌上了。

於是，有一次，她同我談起了她常常跟王家的母親與姑母去看越劇，她表示非常愛慕葛衣情，還給我看她所珍藏的許多越劇的照片。

自從我從杭州回來後，我沒有再看見葛衣情，葛衣情幾次來找我，我都躲避了，她不斷地來信我都沒有回她，如今，映弓竟如此愛戴這個庸俗的女伶。我似乎應當對她有點說明，但是我沒有那麼做。葛衣情的照相仍舊有她獨有的嫵媚，但是我竟無法在她的嫵媚中找到我以前所愛的她的影子。

這是我愛情的不專一還是本來就不是愛情呢？

我沒有告訴映弓我與葛衣情的關係，但是映弓的話使我感到一種說不出的內疚，似乎在苛責我對於葛衣情的薄幸。不知是不是這個關係，這使我對映弓更加喜歡起來，好像她之愛慕葛衣情正是為我作的一種補贖。

十一

就在這時候，我接到了舵伯一封信，原來他已經到了上海。這封信是一個司機送來的，他叫我馬上坐他的車子去看他。想來這車子是他新買的。我坐上車子，司機一直把我送到近徐家滙的一幢花園洋房。

司機響起車號，當時就有穿白衣的男僕來應門，打開了綠色的鐵門。車子駛進鐵門，我看見裡面青翠的樹木與間或的黃色紫色的花卉。最後車子在石階前停了下來，立刻就有傭人來迎我，為我打開車門。我下車後他帶我走上石階，從兩扇開著的紅門進去，裡面是長長的走廊。他打開右面的門，那是一間長方形的大客廳。左端放著中國舊式的擱几與紅木椅子。牆上掛著一幅福祿壽三星的畫幅，兩旁掛著一副對聯。右端則放著一套沙發，沙發前放著紅木圓几。落地窗前還有一架鋼琴。我就坐在左首的沙發上，發現地上鋪著的是壽字紋的地毯。於是有女傭送上茶來。

這豪華的佈置與奢侈的場面很使我吃驚，難道這是舵伯所私有的？還是他住在朋友家裡？

五分鐘後，舵伯從裡面出來了，除了他的聲音，我沒有從什麼地方可以知道他就是前些時候我在監獄裡看到的舵伯。他穿著發亮的緞袍，頭髮上梳著，兩鬢有點灰白，上唇蓄著髫髭，壯碩的身軀，有光的眼睛，看起來他真是很威嚴的。看他進來了我很自然地站起來，他招招手叫我坐下，我看到他手上巨大的寶石指環，這指環在他巨厚的手上，使我想到與其說是裝飾，毋寧是一種武器，想到我為葛衣情所挫折而萎靡的時候，他教訓我打我的一場，我不難想像他戴著寶石指環的拳頭，一擊是可以打死人的。

我如今該想到，一個人給人的影響與他所占的背景是相聯的。當時舵伯在我從來沒有看到過的豪華場面之中，與我中間似乎突然有了距離。舵伯好像看出我的局促，他極力想恢復他以前的姿態來寬舒我們間的空氣，他說：

「野壯子，你沒有想到我有多少的財力吧？」

「這房子是你的？」

「什麼都是我的。」他攤開兩隻手說。

我環顧四周。那些佈置，那些家具、鋼琴、地氈、窗簾以及小小的擺設，如果以趣味而論，絕不是舵伯自置的。於是我說：

「是你自己選擇這一切的家具窗簾與佈置麼？」

「現成，什麼都是現成。我第一天看到這房子，我就什麼都買下來了。」

「但是許多東西是沒有用的，譬如這鋼琴……」

「世上什麼東西是有用與無用呢？」他忽然笑了，這笑容同他以前的笑容沒有分別，他有很整齊而美好的白齒與厚闊有力的嘴唇，如今又加上了他上唇的髯髭。他說：「你能夠說出這世界上什麼是有用什麼是無用嗎？上蒼把我們放到這個世界上，我們逐漸發現這世界上竟是什麼都有用的。」

「那麼你有什麼計畫呢？」我問。

「這就是我的計畫，我現今需要享受，我的錢是我血汗賺來，出生入死的生活中換來，我現在需要享受。」他說，「你是第一個借我資本的人。所以我希望你搬來，那個女孩子呢，印空？」

「她住在我的一個同學家裡。」

「那麼明天就搬來吧，你們搬到這裡來，我現在把這房子叫做舵園。」他說著站起來，他說：「讓我帶你看看這裡的房子。」

他於是帶我開了一間一間的門，看一間一間的房間。客廳、書房、飯廳、古董、擺設、書籍。於是又帶我上樓，又是一間一間的房間，其中四間是寢室，兩間坐起間，大客室，小客室，裡面的家具有許多都是為女眷用的。最後他帶我到他自己的臥室，這是整個房子的背面，房後有寬大的陽臺，站在陽臺正對下面的花園，這花園大概有三畝地的大小，正面作對稱佈置。左首一排梧桐，梧桐外有一個亭子，好像有中國亭園的趣味了。我並沒有細看，我說：

「你要這麼大房子有什麼用呢？」

他聽了哈哈大笑，用奇怪的口吻說：

「那麼我有這許多錢有什麼用呢？」於是拍拍我的肩膀說：

「隨便你們要住哪一間，反正這是大家有的。」

我們走出他的臥室，看到好幾個女傭在收拾地方，我說：

「那麼這些傭人呢？」

「大都是以前的，我又添了三個，」他說，「總之，什麼都是現成，我加她們薪水，我叫她們什麼都照以前一樣的生活。我只是走進一個生活，並不是我需要怎麼樣生活。」

「這話怎麼講呢？」我不禁笑了。

「因為我們是人，我們到這世界上來，還不是依照世界在生活。你當時賣了田地，跟我流浪，還是依照我來生活的。」

「可是，我可以相信，這房子以前一定是一個大家庭住的。而你只有一個人。」

「一點不錯。這房子就為老的一輩死了，下一代要分產業，所以把它整個地賣出來了。」他說，「我一個人如果要找幾個以後分我產業的人有什麼難呢？」

「那麼為什麼你不找一個女人結婚？也有一個伴侶。」

「野壯子，你讀點書，算是文明了，不瞞你說，我還是第一天帶你流浪的舵伯。」他說，「哪一天我過厭了這生活，我會把這整個的產業賣去，重新去過另一種生活的。」

回到樓下，我就告辭出來。他叫車子送我，臨別還叫我學駕車子，他要送我一輛汽車。

一路上我茫然無以自解，到底舵伯是怎麼一回事，哪裡發了這麼大財，究竟他有多少財產，這些問題我知道舵伯是不會告訴我的。

第二天，我陪了映弓搬進舵伯的公館，但是我自己，經過一夜的思索，我暫時不想搬去，可是我接受了他送我的一輛汽車，我也學會了駕車，使我很容易常常到他那裡去。但我沒有想放棄我的大學生活。

世界上沒有比迷戀讀書生活更為愚蠢，可是這正是世俗上所誇讚的德性，而只有舵伯認為是可笑的，他聽了我的打算，哈哈大笑，他說：

「野壯子，又是同以前一樣的事情來了！讀書是沒有辦法的人幹的事，你應該學習做人，做人只有兩方面，一方面是會冒險吃苦，另一方面是會享樂。讀了書，這兩種能力都沒有了。迷戀一件事情同迷戀一個女人一樣，這也同你父親迷戀田地一樣，是你們個性的遺傳。但是這次我不再打你責你，你愛怎樣就怎麼樣。」

舵伯的話當時給我很少的印象，我在學校裡也並不能迷戀一種學問像迷戀一個女人一樣，那時候一種新的潮流把我們青年捲入了漩渦，我們從對於馬克思學說的興趣，很快地就變成了政治的狂熱。狂熱使我的無知變成了自負，這自負使我在短短時期內就好像精通了革命理論，而只有在實踐之中，我才能對理論有更深的瞭解，因此我們要求理想有更快的實現。

我們組織讀書會，我們幹戲劇運動，我們還辦刊物，發傳單，貼壁報；每週我們討論時局，回應罷工，反對一切對蘇聯敵對的世界，擁護政府一切對蘇聯有利的措置。奔走這樣，奔走那樣，靠著我有一輛汽車的便利，我成了最活躍的社會運動的人物。

我變成學生會的主席，許多團體的主幹；逢到要捐款什麼，我是最熱心的人，因為我有舵伯的支持，使我成為最可敬佩與有力量的人物。

舵伯給我錢並沒有什麼考慮，問到捐錢的用處，我只要說是於窮人有益的事，他也從不拒絕；這時期我生活很節約，但是我花錢很費。我無形之中是一個年輕人的領袖，一種領袖慾使我陶醉在幼稚的夢幻之中。

一直到有一天，我們團體之中忽然發生了一個爭執。這是為一筆我們的款子運用的問題，這筆款是我們策動各學校學生的家長與親屬，捐來預備暑假裡做一些青年組織活動的用處的，但是忽然有人提議要將這筆錢用作國際上對一個在德國被捕的人物的援助。我反對這個動議，兩方面討論得很久沒有結論，天色已晚，我們決定到第二天再開會討論。

可是第二天早晨，有一個一年級的同學來找我，告訴我同我反對的幾個人昨晚開了小組會議，已經連夜在發動簽名運動，她也已經簽了名。

這是一個很瘦小的女孩子，頭髮剪得短短，圓圓的臉龐上掛著憂鬱的笑容，我從來就沒有對她注意過，可是這一瞬間很使我感動。她表示了她是在不可能拒絕的環境下簽名的。我們因此就做了朋友。

看來當天的會議中，我的意見一定要失敗了，我並不堅持我的意見一定要勝利，但他們用祕密活動的方法，使我非常負氣。當時我就宣佈大會延期，我也自動地參加了他們的簽名，另外發動了援助的募捐，我把這件事完全同我們原來計畫的工作分開。可是，這一次的募捐，我並沒有熱心，我沒有驚動舵伯。

這一件事情我們算是勝利了，暑假中我們的計畫沒有改變，可是暑期以後的各種選舉之中，我是被打擊而落選了。對我攻擊的人宣揚我的罪狀，說我獨裁，說我英雄主義，說我利用了地位同人談戀愛。而戀愛的對象就是那個瘦小的女孩子，她叫黃文娟。她從小有鋼琴的訓練，也會唱歌。我很想闢謠，但是黃文娟並不否認，雖然也沒有正面承認。我很想同黃文娟談談，但是她似乎為這個謠言，很怕同我來往。我一時陷於非常孤獨。

我從這個領袖自居的夢中醒來，才知道我所活動的並不是純粹年輕人的一種活動，而背後正是有人在操縱指使，這指使正是有一種東西叫做不擇手段利用群眾的政治。我的覺悟使我的生活與心境很有改變，使我重新回到了舵伯的家庭裡去。

十二

那時候，映弓的孩子已經出世，是一個有一對大眼睛的男孩子，我為他取個名字叫做藝中。映弓的頭髮已是很長，人也豐腴了，有一種誘人的鮮豔。她很快就適應了那個環境，她無形之中變成了那個富豪環境的主婦。舵伯與映弓始終對我很好，看我失意落寞的神態，他們知道我受了什麼刺激，但不知道怎麼樣安慰我好。

舵伯很想瞭解我的煩惱，但是我無從同他解釋。這是第一次我的意念無從對舵伯表白，我也第一次發現人的世界並不是這樣可以溝通。一個人所感的苦惱，也往往不是第二人所能瞭解。舵伯有豐富的人生經驗，但並沒有我這份人生經驗，也許他也有過想對我表白而無法使我瞭解的事情，但是他天性上的勇敢與堅韌使他不需要表白，而我竟是這樣一個懦弱的生命。

我感到說不出的空虛與孤獨。

於是舵伯說，人生到底有幾十寒暑呢！假如學校是苦惱的，你就放棄學校吧。你應當跳出你狹小的圈子，看看那廣大的世界，明晚我要請客，你來，我要你認識我監獄中的朋友和不是由學校出身而出色的人物。

第二天傍晚我應約而去時已經不早，精神很萎靡，心情很寥落。可是一進舵伯的花園，那通明的燈光與喧鬧的笑聲頓時使我有點驚惶，我原以為舵伯只是約幾個監獄中的朋友談談，沒想到是這樣盛大的一個宴會。

一到裡面，我就看見映弓陪伴著大群的女賓，她打扮得非常光亮，為我介紹座上的人物，我無法一一記清。但是我馬上看到葛衣情，她穿一件銀灰藍花的衣服，清秀的面頰上還是掛著可愛的表情。沒有等到映弓介紹她已經招呼我了，我不知道她今天是映弓的客人，還是舵伯的客人，我也不知道映弓是不是已經知道了我們的過去，但我從葛衣情的態度上觀察，知道她來這裡絕不是第一次了。我同她有了禮貌的周旋，隨即到了男賓的圈子。

原來舵伯要讓我認識的是一個瀟灑清瘦的中年男子，他有一雙刺人心肺的眼睛，他似乎早已受了舵伯的囑咐，一介紹以後就拉著我的手說：

「我叫李定一。」

舵伯很快地讓我們兩個人在裡面談談。

李定一告訴我他在監獄裡認識了舵伯，三年裡舵伯給他許多影響，而他也影響了舵伯。他還教舵伯識字與讀書。

他告訴我他也曾年輕過，有過革命的狂熱，表現過優越的組織力與煽動力，於是說是犯了錯誤，被自己的同志出賣，在監獄中足足耽了五年，他開始沉思默想，重新讀許多忽略了的書，他發現這五年中的收穫遠超過他一生在學校中在生活中所受的教育。

因此他根本看輕學校看輕讀書。他說，最偉大的人物都沒有讀過書，耶穌沒有讀書，釋迦牟尼沒有讀書，穆罕默德也沒有讀什麼書，中國開國的帝皇也都沒有讀書。讀書的人只是一些庸才，讀書也許可使頭腦比較清晰，但會使心靈阻塞眼光淺短，因此容易中別人的利用宣傳與痲醉，往往做了帝皇英雄政黨的奴才而不自知。

最後他說舵伯也沒有讀什麼書，可是在監獄裡他活得最愉快與健康，無形之中就成了所有囚犯的領袖。他還說他本是一個想利用舵伯的人，但結果是放棄自己的一切而皈依了舵伯。

他還同我談到了學問，他告訴我他以前相信最基本的學問是經濟學，現在他相信最大的學問是人世；他說，世上的學問有三大類，社會科學、自然科學及哲學與宗教，獨獨沒有人世學，可是孔子的成就是人世學，許多人把孔子當作宗教家，當作哲學家，當作政治家，都是硬把孔子湊成我的學術的分類，而沒有瞭解孔子所創立的乃是另外一種學問，這學問，他現在要叫它為人世學。

他說了許多話我都不十分瞭解，最後我問到底他說這些話是要我做什麼呢？

他說他要我生活，在人世裡生活，愉快健康，不辜負這個生命。他說大部分人類都活在小小的圈子裡，政黨也好，學校也好，家庭也好，監獄也好，人都在小小圈子裡爬上爬下，計較得失，鑽求虛名微利。人活這世上，應當在人世中獨往獨來，整個的人世才是我們的圈子。

他說當個人在一個小圈子裡偶爾失意，正是他從小圈子跳到大圈子的時機。革命的失敗，政治的打擊，家庭的糾紛，情場的失意，商場的傾覆都是一種小圈子的糾紛，如果你執迷不悟，往牛角尖鑽，自殺將是你唯一的出路，倘若你有勇氣跳出你所執迷的庸俗的圈子，你就會有一種超脫，回首看看這個在小小的柵欄裡擁擠的人們，你就會覺得很可笑了。

於是他勸我旅行，他說旅行有好多種，有一種是無的放矢，只想到一個遠遠的陌生世界；有一種是隨風飄蕩，東顧西望，飄到哪裡是哪裡。有一種旅行是放風箏，遠遠地放出去，落到哪裡就死在哪裡；有一種旅行則是隨地播種，看哪裡土壤好就在哪裡生根。

最後，他忽然說：

「你以為你在學校裡的一群青年中，你是突出的人才麼？」他搖搖頭，繼續說，「你的地位實際上是舵伯為你買的。」

「為我買的？」

「你不要誤會我的意思。」他笑了，於是解釋著說，「就因為你可以輕易地向舵伯要捐款，別人為利用你才擁你做傀儡。你知道你是一個傀儡麼？你的背後有一個政治的幫口。一切只是在你順從他們的意志時才要你做傀儡，你沒有被利用的價值時，他們就不要你了，他們不要你的時候，你就倒下來了。」

李定一的話使我一時惶惑得不知所措，我沒有再說什麼。

他忽然加重語氣說：

「多少有錢的人，總以為自己的品貌過人，才藝出眾，得女人歡喜。他不知道女人所喜歡的只是他的金錢，這只是自作多情而已。」

那麼我以為自己被青年群眾愛戴是因我的口才與幹才那不也是自作多情麼？金錢只是把人埋在愚蠢昏庸的鼓裡，使我以為自己是了不得罷了。金錢可以購買一切，但買到的還是屬於金錢，屬於自己的是多少呢？

整個宴會的時間裡，我茫然沉默在自己的思考中，我很早告辭，映弓與舵伯都留我住在那裡，但是我沒有接受。我也拒絕了他們派車子送我。我一個人出來，在幽黯的馬路上漫步獨行，不知該向哪裡走去。我只知道街景慢慢地熱鬧起來，我跳上一輛電車，聽憑它帶我走許多我不認識的道路，最後我看到一家旅館的霓虹燈，我下車，我就走進那家旅館，開好房間，一個人就倒在床上。

十三

如今我不知道該怎麼樣安排我的生活，我沒有計劃，也沒有思索，在模糊的回憶中，我自卑地懺悔，我發覺我自己的愚蠢低能。我頓悟到，如果我一直能愚蠢到底，相信一切的成功是自己的能力而一切的失敗是命運的撥弄，這是多麼幸福呢？世上有多少人都是賴這個維持著虛驕與自信。而我竟被李定一一語點破，我只看到我醜惡與沾沾自喜的影子。我一時竟無法自解，我是多麼需要一個人來可憐我呢？

就在這時候，有人在敲我房門。我沒有猜想是誰，我只是隨口說一句：

「進來。」

於是有人進來了，是一個穿著灰色大衣亮著鑽飾的女人。

我只開著我床邊的一盞臺燈，房間是黝暗的，她拴上房門，笑了一聲說：

「你怎麼了？」

我發現她是葛衣情，她脫去大衣，婀娜地向我床邊走來，她銀灰色的旗袍反映我床邊的燈光，變幻著閃動，沙沙作響，但是我注意到她美麗的頭髮與垂在耳上的鑽環。

葛衣情是美麗的，在這一瞬間她似乎特別的美麗。

一個女子如果要給一個男子最神聖高貴的印象，請在那個男子潦倒慘敗失去自信的時候出現吧。

葛衣情終於又佔有了我。奇怪的是當我告訴她我正想流浪的時候，她不但不挽留我，而且極力鼓勵我。並且告訴我，什麼時候我需要她，她總是我的。

可是我在葛衣情的懷中，一時竟非常懦弱，我說：

「衣情，那麼你肯同我一同去流浪嗎？」

「你以為這對你是好麼？」衣情淺笑著說，「你在我沒有來之前有想到帶我去流浪麼？」

「沒有。我想的是李定一告訴我的幾種旅行，我不知應當選擇哪一種。」

「那麼哪一種都沒有我在內，是不？」

「我不撒謊，是的。」

「那麼還是讓我在這裡吧。將來你回來了，需要我，我還是你的。」

我沉吟了一回，突然我想到了我所以要流浪的目的。我怎麼會這樣懦弱與脆弱？許多男子在社會上遭受打擊與失敗的時候，往往要找一個美麗女性來逃避，而我竟也是同樣的心理。李定一叫我流浪是體驗更廣大的生活，我帶著衣情只是換一種圈子把自己更縮小罷了，如果如此，我為什麼不同她結婚成家就算了呢？我於是不再說什麼。

衣情問我是不是還像以前跟她們班子一樣去流浪呢？她提醒我當初我們在一支船上流浪的日子。她說那時候她還只是一個小女孩，什麼都不懂，自己也沒有自由，自從杜氏祠堂那一幕以後，她也曾夢想有一天同我兩個人坐在一支船去旅行去。可是她是一個未長成的孩子，從小很窮，物質與金錢在她覺得是世上最不容易求得的東西，所以她沒有知道我的重要，現在她知道金錢並不是一定難尋，而愛情則是不會再來了。

沒有比當我想到衣情當初不要我的時候更使我生氣了，這是我平生所受的最大的侮辱，比我在青年運動中被政治利用的侮辱還要使我難受，我覺得我必須自己一個人去流浪，我要重新尋一個真正愛我的人，我要離開衣情。這樣一想，我覺得我必須一個人像當初一樣貧窮地在窮鄉僻壤中流浪，我要尋當初所見的葛衣情。我說：

「可是如今什麼都不同了，你已不是當初的你，我的愛也不是當初的愛。」我說著把我心裡所想的話都坦白告訴了她，我說：「倘若我可以恢復我以前一樣的流浪，我是多麼希望再碰見當初的你啊！」

「那麼你去找，我也希望你會碰到一個當初的我，可怕的是，任何人當他的心靈能瞭解自己過去的珍貴時，他已經不是當初的自己了。」她說，「不過我不阻止你去試，相反的，我還要幫助你。」

於是她告訴我她認識一個琴師叫做韓濤壽，他有一個朋友正在組織一個流浪的雜耍團，如果我想去參加，她可以托韓琴師介紹。

「但是我會做什麼呢？」我說。

「為他們管管賬管管總務。」她說，「那個雜耍班子是一群雜湊的技藝，其中有變魔術的，有耍猴戲的，有表演三上吊的，有跳鋼絲的，有耍碗棒的……那些自由湊合的賣藝團體，往往因為合作得不好，而不能長久在一起，走幾個地方，就散了夥，各自走各自的路。日子一久，因為自己的玩藝兒太單調，不能吸引觀眾，於是又想同人合作，所以總是合合分分，分分合合，如果你可以使他們合得長久一些，把玩藝的花樣弄得堂皇一些，那麼到大都市來賺一筆錢，實在是不難的。」

衣情的話當時馬上打動了我，第一我要考驗我的組織能力，這好像是補償我在青年運動中做別人政治傀儡的損失；第二我要恢復我貧窮中流浪的能力；第三不用說，在我下意識中，我要在江湖之中尋找失去的葛衣情。

一個人的行為往往只是對於過去自己行為的補償與報復，上面的三種，第一種是對我學校生活的補償，第二種是對於舵伯對我經濟支持的一種反抗，第三種則是我對於過去葛衣情的一種感情的報復。

我於第二天就得到韓琴師的介紹信，第三天我就下鄉去找他的朋友。

那位朋友姓江，人人都叫他老江湖，是五十幾歲的人了，有一副紅熟結實的身軀，蓄著鬍髭。他是耍武藝的，他有四個徒弟，一個兒子，都會幾套把戲，他一一都為我介紹，他告訴我他們已經選定了黃道吉日，年底就預備出發。有一班魔術，一班技術班在這裡參加，另外還有一班走繩跳索的在別處，船經過的時候來參加，還有一班猴子戲，一班打花鼓又在一個地方，也是船經過那裡時來參加。他們預備做正二三月春天的生意。

他聽說我要參加他們同去，問我會什麼玩藝，我告訴他我什麼都不會，只願意為他管理雜務，我申明薪水不計，只想過過這種生活。他說這樣也好，看我能力，他多賺時就多給。

我當時就幫他計點道具，購置雜物。到快出發的時候，我同他都已經很熟了，跟著大家叫他老江湖，叫他兒子小江湖。我已經知道他們一些演出的計畫，都是一成不改的老規矩，我於是貢獻許多意見，如應當買一些紅紙墨筆，每到一個地方，我可以為他們寫點招貼到附近村莊去貼貼，我還計畫印一些小小傳單，花不了多少錢，到處可以送送人。我還覺得應當有一個人每場在觀眾面前作介紹。音樂，他只有一鑼一鼓，我說不夠，應當另外找一些人來吹打，至少先要兩支喇叭。他計畫中的小村莊，我以為不必一一停留，我主張到大鎮大鄉應該多表演幾天，要把附近小村小莊的人都號召來，老江湖對於我這些話居然一一都接受了。

那年我們提早過年，出發以前照他們規矩祀神，響鞭炮，另外兩班同去的人也來參加。祀神以後，大家吃了一餐；參加這一群江湖流浪漢的宴會，使我回想起在舵伯家裡那天的宴敘，覺得人間的飲宴竟是有如許的不同。

他們猜拳唱歌，拍胸捶頭，喧鬧哄笑。他們每一個人都是主人，自己斟酒、端菜。我以後也曾參加過許多宴會，但沒有一個宴會，我看到消耗過如許酒量的，天色漸漸發白，廚房裡的菜肴都已耗盡，眾人才一一醉倒，橫橫豎豎地就在地上板凳上昏睡過去。

十四

當天夜裡我們就上船了。一江清風，滿天星斗，我們像是一群赴戰的軍隊，大家興高采烈，非常熱鬧。可是這熱鬧並不能把我與他們融為一體，我的知識與趣味使我感到與他們間存在著一種隔膜，後來我也發現老江湖並不能像那天宴會中一樣地忘形，我很自然同他談到了我的心情。

老江湖告訴我江湖賣藝生活是最自由的生活，也是最辛苦的生活，過慣了這種生活，就再也無法過別的生活了。但這是年輕人的生活，壯健人的生活，而他已經老了。他於是告訴我這些壯健的小夥子們，都是嗜酒好賭的人，有的還犯過偷竊，坐過牢。現在他們靠賣藝生活，有錢就花，等到秋雨綿綿無法賣藝的時候，他們就只好各自去尋生路。但是不要以為他們做過竊犯，就不能當他們是朋友，他們不會在團體裡面行竊，也不會在賣藝的時候行竊的。

船到潯鎮的時候，那班走繩跳索的人來迎接我們，請我們吃飯，並貢獻意見，叫我們先演一次，於是我們臨時搭了一個幕帳，作一次小小的演出，因為生意不錯，又耽擱了兩晚。這些表演都沒有走繩跳索的節目，他們因為人稔地熟，幫了我們許多外勤的事情。

這個繩索團有八九個人，四個男人，五個女人。女人中一個是二十幾歲了，是其中一個男人的太太，兩個女的十八九歲，還有兩個才十四五歲。這九個人參加我們團體，我們就需另外雇一支船。我們於夜間離開潯鎮，早晨到閘橋埠，猴戲班花鼓班就在那裡等我們。閘橋埠是一個很小的鎮頭，我們並沒有耽擱。猴戲班花鼓班參加進來，我們把船位重新分配了一下，船就開了，以後我們就有長長的旅行演出。

我所計畫的是只在縣城或大鎮市表演，充分用宣傳吸收四鄉的觀眾，這辦法行得很好。往往我們在一個地方可以演一星期。可是後來聲譽一起，許多鄉村裡的廟會祀神以及婚嫁喜事來請我們出堂會，出的包銀很高，使老江湖不願拒絕。偏偏這些菩薩生日，及喜愛等日子都是無法改期的，而時時同我們已公佈的演期有衝突，因此我們就往往分為兩班以供應兩地的需要。

我們的收入不錯，大家都很高興。一切的收入，除開銷外，都是根據對各團體所約議的比例分配的。各團體對它所屬的人員如何，我們是不管的。老江湖做事非常公開公平，人們對他都很愛戴。所以我們生活得很和諧與快樂。

一個月時間過去，我對這個生活已經適應，其中同我最接近的是耍猴戲的穆鬍子。他的年紀並不大，個子很高，蓄著一綹很長的灰黃的鬍子。他平常很少說話，但一發言往往滔滔不絕。他似乎有一個很清楚的頭腦，冷眼看著周圍的事情，團體裡有許多糾葛的小事，他都能說出其前因後果，許多地方無形之中給老江湖有不少幫助。他的人員只有兩個十六七歲的童子，兩隻猴子同一隻綿羊。演出時他常常是最先出場，他指揮猴子以外，他會扮演很滑稽的丑角。他沒有別的嗜好，只是貪酒愛吃，他帶了兩個孩子，到哪裡都吃館子，他給猴子吃的也都是頂好的東西。我知道他分到的錢是絕不會有什麼剩餘的。我同他接近的起因是他的兩個孩子。他們並不是穆胬子養的。這兩個孩子要識些字，常常來問我，我就規定時間每天教他們一點，這樣穆鬍子到上館子的時候，就常常拉我在一起。我從來沒有看到一個收入並不多的人，在吃的上面能如此浪費的。他雖愛喝酒，但酒量並不很大，似乎完全為吃菜的幌子。坐上桌子，他開始有話同我談了，但不談他的過去，也不問我的過去。他愛說：「做人還是吃一點。」於是就談到什麼地方什麼季節可以吃什麼，什麼鎮什麼鄉哪一個人會燒什麼菜一類的話。他從來沒有談到女人，偶爾談到，也只為那女人會燒什麼特別的菜。只有你同他談到事情，他才會告訴你他的看法，而總是非常誠懇的。我覺得他不管人家的是非，性格豪爽，不計較小利，是我同他接近的原因。

因為他請了我，我自然也有時要回請他，於是就更加同他們接近起來。後來我發現，他在白天演完以後，常常還帶著他的班底到附近村莊上去表演，這收入當然是一種外款，並不必向老江湖報賬的。

我覺得這與團體精神很有影響，我不知道老江湖知道不知道，我怕他知道了也許要弄得不好，所以就在有一次一同吃飯的時候，直接跟穆鬍子談起這件事。他告訴我他是徵得老江湖同意的。

後來我去問老江湖，他說：

「穆鬍子愛吃，分頭少，所以我答應他偶爾去找點外款，並沒有答應他天天自己出去。」

我說：「我想寧使給他分頭多一點，這樣如果別個班子知道了，大家都在找外款，那就很難辦了。」老江湖也覺得我的話很對。但是覺得不好意思撤銷這個諾言。討論了好久，我才建議這件事索性公開去做，叫穆鬍子單獨到附近鄉村去表演時，義務地替我們貼點廣告，發些傳單。

這樣，這件事就很順利地推行起來，穆鬍子也每天於日場演完後，名正言順地出去表演。於是，好像沒有隔了多久一件奇怪的事情忽然發生了。

十五

有一天，兩個公安局的便衣探員來找老江湖，同老江湖談了一個鐘頭的話。便衣走後，老江湖告訴我，說是附近村莊發生了離奇的竊案。公安局認為可疑的就是這個賣藝團，可是找不出證據，他們認識老江湖，知道他自己不會犯偷竊的，不過要他注意他團裡的人員。老江湖告訴我以後，叫我不要聲張出去。他說他明天要到公安局去，同他們一同到失主家裡去看看。

「明天？明天晚上不是我們預備下船了麼？」

「但是公安局方面說要等這案子弄清楚了才許我們走。」

「你以為是我們團裡的人幹的事麼？」

「也沒有一定。」他說，「你現在只說這裡有人請我們延長幾天，所以明天不走好了。」

我當時就很隨便地把明天不走的消息傳播了出去。夜裡，老江湖同我兩個人在外面散步，我問他公安局到底同他怎麼講？根據什麼說是我們團裡的人幹的？我說：

「也可能是我們在這裡表演，遠遠近近來往的人多了，所以就有別處的竊賊借此混來偷竊也說不定。」

「這當然可能。」老江湖說，「不過多數竊賊都是在一家兩家偷，偷的東西也不會限於細軟東西，而總是隔幾天在當鋪裡會出現的。現在公安局方面說當鋪裡都沒有出現，而失竊的人家包括了七個村莊十幾家人家，又多，又散，並且丟的都是一只指環，一只金釧的小件，所以他們疑心是我們團裡的人幹的。」

「你以為有什麼人可疑麼？」我說。他沉吟好一會，忽然說：

「沒有，可是如果公安局肯幫忙，讓我到失竊的人家細細地去看看，也許我可以找出線索的。今天我就同他們這麼說。我說：『我在這裡多耽，損失很大。除非你們允許我去偵查，否則要我們在這裡多耽十天八天，你們也還是查不出的。那時候，我們吃什麼呢？你們難道養我們麼？』他們終於答應了。」

「那個人倒不錯。」

「也是內行人。」老江湖笑了笑說，「他知道如果不拉我幫忙，真要讓我們吃閒飯，那不是更鼓勵我們去偷竊麼？」

對於老江湖很有把握的想法，我很覺得奇怪，但是我沒有說什麼。

第二天一早，老江湖就出去了。下午由我指揮著照常公演，但已到強弩之末，觀眾不多，我可還是鼓勵大家起勁表現。老江湖到出場的時候還沒有回來，我就叫他一個大徒弟帶其餘四個人去表演。當時同人中就有問到老江湖的，我告訴他說他昨天表演時有點受傷，去看傷科醫生，不知怎麼會還沒有回來。

就在他們五個人表演後，另演其他節目時，老江湖忽然回來了，一聲不響地走進後面的帳篷。我就跟著進去，我說：

「怎麼樣？」
「穆鬍子呢？」他說。
「他到村莊裡去找外款去了吧？」我說，「怎麼啦？」
「就是他。」
「他？」我說，「這怎麼會呢？你不要冤枉好人呀。」
「昨天我就想到是他，但沒有證實，我不敢說。現在我已經找到了證據。」
「什麼證據？」
「猴毛。」
「猴毛？」我說。
「是他指使猴子去偷的，所以什麼痕跡都沒有。可是我在三家人家找到了猴毛。」
「你認識一定是猴毛嗎？也許……」
「這不會錯的。」他笑著說。
「那麼怎麼樣呢？」
「我已經告訴了公安局，由他們去辦吧。我們明天一早下船。」
穆鬍子回來的時候，員警已經等著他了。大家都不知道為什麼。可是穆鬍子看了看老江湖，老江湖點點頭，他就既不強辯也不驚慌地對老江湖說：
「我對不起你。」於是對員警說，「走吧。」

員警想把猴子帶走，穆鬍子抗議說：

「這是我一個人的事情，與牠有什麼關係。」

老江湖這時候也幫穆鬍子同員警爭論，員警還是不肯，最後老江湖叫他把上次那兩個便衣探員找來，才算講通。穆鬍子把兩個孩子同兩隻猴子交托了我與老江湖，就很隨便地跟著員警去了。

我問老江湖這一去要多久，他說不過三四個月。這本不算什麼，只是不該在這時候幹這一手，不但毀壞我們名譽，還會影響我們生意的。

當夜本來不必演出，但因為白天已經公告出來，只得再演了一場，散場後大家都沒有睡，清理了許久，吃一餐熱鬧的宵夜，趁著潮水，五更時分就上船了。

只有在宵夜時候，大家才知道穆鬍子事情的經過，人人都佩服老江湖的能耐。以後一直到船上，大家都談著這件事情。上了船，大家都睡了，我可是一直睡不著，我想到我在學生運動的領導同老江湖領導這個雜技團的異同，我深深地覺得我的妄自尊大的可憐與可恥，而對於並不識幾個字的老江湖更起了說不出的敬佩，於是我想到李定一的話，真正的偉人與領袖真都是不需要讀書的。

船晃搖著，天亮起來，船上是一片酣睡的聲音，我才在胡思亂想中沉沉地睡去。

十六

如今在雜耍團裡漸漸感到自己的貢獻實在太少。老江湖雖是很相信我，金錢上出入，總務上宣傳上事情都在聽我的支配，可是這些竟不是我所願意管的。我很想找一個機會脫離這個團體。我當時並沒有什麼特別的計畫，也並不想回到舵伯映弓那裡去。只感到我需要一個可以多發揮我能力的所在。但這只是夜深人靜一個人的時候所想到的，我並沒有對誰說過。

我們到一個鎮市又到一個鎮市，水邊的鎮市，山前的鎮市。上船下船，船駛近市集，船離開市集。於是船在江中悄悄地行駛，船在河塘中悄悄地行駛，對著落日，迎著清風，冒著瀟瀟的雨，沖著朦朦的霧；在灰黃的石岩邊，在碧綠的柳岸邊，晨泊村煙竹籬，夜宿小橋流水……人在這團體中，除了分賬的班主們在計算收入以外，年輕人都沒有想到生活。大家只希望當天有較好的酒菜。

可是我是一個受過大學教育的人，我沒有技藝，但有幻想。這樣流浪到底是無的放矢還是隨風飄蕩？是風箏漫天飛揚還是蒲公英隨地播殖呢？我發現每個團體裡的人都是不同的，而我，我則像一團輕煙，漸漸消逝。在這個團體裡，我看到的已經不少，如今我已無在學校時某種憨直，但也失去了自己的重心。

這時唯一使我感到興趣的是穆鬍子所遺下的兩個孩子，一個十六歲，一個十七歲，前者叫大夏，後者叫大冬，自從穆鬍子走了以後，他們對我無形之中親近起來，雖是年輕，但猴戲的表演都是他們在指揮。在佈置穿插打諢種種，我偶爾給了他們一點意見，他們居然很高興地照我的話去做。我教他們一些字。他們也很能吸收。這是兩個很壯健頑皮的孩子，在船上穿來穿去，他們同大家都弄得很熟，許多同我很少來往的人，因為他們的緣故，同我也熟稔起來。有時候他們同別人淘氣，別人總是說要叫我，他們就不鬧了。後來由我的鼓勵，我勸他們學一些別樣技藝。樂隊裡有兩個好手，會好些樂器，船上無事，常常拉拉胡琴，吹吹洞簫。大夏就學了胡琴，大冬就學了洞簫，他們很快地會奏些簡單的調子。因此，每當我們夜泊在小村僻鄉之處，常常後艙傳來他們樂器的聲音。

有一天晚上，我們的船泊在竺水鄉。天下著細雨，霧很重，我已經躺在船艙上，藉著艙裡的油燈在看書，忽然聽到了一聲洞簫的聲音，接著轉出哀怨的調子，起初我還以為又是大冬在奏弄，可是這聲音竟從遠遠的地方移近來，而我忽然想到大冬的技藝還不能臻此。在這寂靜的霧夜，這曲調使我起了說不出的蕭索與淒涼的感覺。我站起來，推開一點船窗外望，我隱約地看到了霧中的一點燈火與兩個人影，他們聽見我推船篷的聲音，也走了過來。從他們手上小小的燈籠光中，我發現是一個少女同一個老者。

「先生，要唱一曲麼？」

原來是賣唱的。

「誰呀。」老江湖在艙內問我。

「賣唱的。」我說，「我們叫他來唱一曲吧。這麼晚，下著雨來賣唱，也怪可憐的。」我一面說著一面招呼了賣唱的人。

「他們還以為我們是什麼進香或者搬家的老闆了。」老江湖不置可否地說。

這時候，這一老一少已經走到船邊。少女收起一頂敝舊的紙傘，我接過燈籠，攙他們走下船艙。

這船艙本是非常擁擠，裡面艙板上都睡著人，靠著艙板是一張板桌，老江湖這時正坐在桌旁抽旱煙。我讓他們進來了就坐在桌子的外沿，正對著老江湖。這時候艙板上未睡著的人都一言一語響起來了，已昏睡的人有的也醒了。

我把掛在篷壁上的油燈拿到桌上，我發現那老者竟是一個瞎子，他穿著一件黑色的短襖，束著腰帶，面上都是皺紋，蓄著有六七寸長下垂的鬍子。這少女大概只有十六七歲，她正解下包頭的花布，露出她散漫的頭髮，我發現她垂著兩條長長的烏黑的辮子。她用包頭的花布揩去臉上的雨霧，於是我看到她纖秀淡淡的眉毛和呆木生疏的大大的眼珠。她有一個尖尖的下頦，乾黃的嘴唇有很好的曲線，配著尖尖的鼻子，顯得楚楚可憐。她用包頭布揩了臉，又抹一下鼻涕，於是她放下那塊花布，用手攏攏頭髮。

老江湖這時候倒了兩杯熱茶給他們。那盲目的老者放下背在肩上的藍布袋，從袋裡摸出一摺曲本放在桌上，老江湖順手拿過去翻閱著。

「隨便唱吧，隨便唱什麼好了。」

於是這盲目的老者同少女喝了兩口茶，輕輕地說了幾句，就吹起他的一枝細長而紅熟得顯著骯髒的洞簫。我看到那少女掀動著乾黃的嘴唇，露出她潔白整齊的前齒，發出帶著乾澀的聲音。她唱：

爬到大槐樹上的牧童呀，
不要唱瘋瘋癲癲的歌了。
要唱瘋瘋癲顛的歌也好，
——跑到橋頭去唱，
——跑到亭腳去唱，
——跑到酒館茶樓去唱吧。
那大槐樹上天天有雲雀黃鶯，
它們唱得難道不比你好聽？

坐在大槐樹下的牧童呀，
不要唱瘋瘋癲癲的歌了。
要唱瘋瘋癲癲的歌也好，
——跑到橋頭去唱，

——跑到亭腳去唱，
——跑到酒館茶樓去唱吧。
那大槐樹正對著我們的客廳，
別人聽了難道不怕難為情。

唱到後來，她聲音也漸漸圓潤起來。她呆木的眼睛，在稍稍跳動的燈光前我發現眼珠烏黑得像是黑色的寶石，同她頭髮一樣的是一種不帶一點灰黃焦紅，或任何雜色的黑色。她的潔白如珠貝的前齒，吐露著舌尖發出拖長的聲音。

她唱完了喝了一口茶，臉上浮出一絲淡淡的笑容。

我不知道是她歌聲還是她的神情打動了老江湖和同船的夥伴們，接著老江湖又點了一曲，不知怎麼，大家爭著你一曲我一曲的點唱起來。

等她唱了許多曲以後，我們各自掏錢給他們，老者用細瘦的手指接了錢，放進藍布的囊中，於是他收起洞簫，少女又把花布包到頭上。可是篷外的雨聲很緊，我們又留他們坐了一會。這時候，這位吹簫的老者同老江湖就閒談起來，他們從家鄉與過去生活談起，不知怎麼，竟彼此有許多共同相識的人。年輕人都不願意聽老年人談過去，所以我們都沒有理會。後來老江湖忽然提高聲音說：

「那麼你也認識海豹何棍了。」

「啊，他是我的孩子。」

「他是你的孩子？啊，我們真是一家人了。」老江湖忽然說，「那麼他呢？」

「他死了！」老者忽然說，「要不然我也不會到這個地步，這就是他的女兒。」

「老伯，真對不起，我失敬了。」老江湖說著望望那個少女，他說，「啊，可不是，她的眼睛很像她的父親。」

這時候，大家開始注意他們的談話，老江湖吩咐弄一點酒菜。他又對那老者說：

「老伯，海豹何棍可是我頂好的朋友。」

「你叫什麼名字？」

「我現在叫老江湖，以前我叫鐵皮阿六。」

「啊，你就是鐵皮阿六，我聽他講起過的。」

「他這樣身體，是什麼病死的？」

「被仇人害死的。」何老說著微喟一聲，「這已經十多年前的事情了。」

「仇人？」

「還不是她母親的關係。」

老江湖想了一會，忽然歎了一口氣。就沒再說下去。

這時候，後艙傳遞過來酒瓶，同一碟豆腐乾一碟花生米，還有一碗是晚飯吃剩的蘿蔔乾。老江湖就為老者斟了一杯，又為少女斟一杯，但是她笑笑說不會喝，這時候老江湖才問老者說：

「她叫什麼名字？」

「她叫紫裳。」老者喝了一口酒說。

「她母親呢？」

「她父親死了不久，就走了。」

老江湖沒有再說什麼，他喝了兩杯以後，忽然又對老者說：

「老伯，我們是自己人，不講客氣，我說老實話，我們大概還要跑幾個地方，假如你同紫裳願意，就住在這裡，同我們一起去走走吧。」

「可是我是瞎子，紫裳也不會什麼玩意。」

「你可以為我照顧照顧，紫裳也可以唱唱歌。我們雖是談不到好，不過我吃粥，你也吃粥，我吃飯，你也吃飯。」

「既然你是鐵皮阿六，」老者忽然說，「那我就跟你了。我已經老了，什麼都無所謂，倒是紫裳，同你們一起，總會多有點出路的。」

十七

就這樣，我們的團體又多了何老與紫裳。

讓一切有自信的人相信自己在安排生活吧，可是真實的人生竟本有一個巧妙的安排。要是何老的賣唱不走近我們的船岸，他不會碰見老江湖，他也無法同我們在一起。那麼許多人的生命也許就完全不同了。

但如果不是我，我想那一夜不會有別人去注意岸上的賣唱，而叫他來唱一曲的。那麼我為什麼那天會被這歌聲所吸引呢？我不能不想到是因為大夏、大冬常常在練簫練唱，而這正是我所鼓勵的。這樣想下去，事情該歸因於穆鬍子的犯法。不然，我怎麼會對大夏、大冬有這一種責任上與情感上的接近呢。人生就是這樣的一種綜錯，人生就是這樣的一種安排，於是我們的生命就在這不可知的許多因素中生長與發展了。

何老給我們團體的影響是我們當初所想不到的。給我的影響尤其是我做夢也想不到的事。他的進來大家都以為他是依靠老江湖的團體，而沒有多久，事實證明，我們的團體倒反而依靠何老了。

紫裳住在花鼓班的船艙裡，何老則與老江湖同我在一起。在船到一個小城的時候，老江湖叫我陪紫裳去買些新裝，我只是照著例行的公事辦理，並沒有對紫裳有什麼注意，也沒有同她談比較接近的話。

在何老與紫裳參加後第一次演出的場合中，紫裳並沒有出場，因為節目都早已規定，好像並沒有必要，所以沒有把她排進去，她只是伴著她祖父坐在後面，把演出的節目與佈置講給何老聽。

這一天演完以後，晚上我們住在帳篷裡，老江湖偶然同何老談起演出的情形，何老發表了一些意見，這些意見使我非常驚奇。我一直沒有當他是一個人物，這時候我開始看到自己的勢利，我於是非常謙虛地同他談演出上的種種。出我意外，他竟有一個出眾的理想與計畫。這是要將我們演出的一切完全改革的計畫。我們的演出是一種玩藝以後接一種玩藝，也即是一個單位以後接一個單位，因此先演好的單位往往後來一直沒有事，而無形之中單位間都有意見上的摩擦。觀眾往往是開演後好久才來，因此先出場的單位顯得很不重要，我總是為他們先後的次序插穿要費很多心血。何老的計畫則是要把這些玩藝完全打成一片，許多演出要用一個故事或事件把玩藝兒混成一起。

這個驚人的意見把老江湖同我說得五體投地。我開始想到我幹戲劇運動期內所研究的一切，經何老一點明，我竟有了奇怪的想像。

何老編了一個場合，在他可以說只是一個例子。他說，場子應當像是一個市集，許多攤販在叫賣，人很擁擠，於是東面有唱花鼓，西邊有耍猴戲，上面有賣唱，下面有魔術。在這樣的場合中，我們開始出來大隊的行列，先表演一個大節目，於是裡面耍魔術的人同街頭的魔術家賭氣，彼此競賽，街頭賣唱的人要同大隊裡的人比賽唱歌……這樣把節目展開來。

何老的意見使我想到西洋輕歌劇與芭蕾舞的格局，我自告奮勇地設想這一類的故事。過去我在這個團體裡做的都是事務的事情，如今我竟有機會貢獻我的玩藝了。我的興趣馬上提高許多，我開始發現我不是不能真正做這團體裡的人了。

請原諒我的疏忽，我沒有好好介紹何老，可是實際上他上船以後，只是像是在我們艙中多一個影子，他一共也沒有說十句話，除老江湖以外，也沒有第二個人同他交談。一個人老了正像是一雙鞋舊了，在陰濕的牆角，沒有人再去理他。可是自從我們那一次交談以後，我感到他給我的啟發實在太大，我開始對他接近，於是我又走進了另外一個世界。這世界則是音樂的世界。

如果我的編劇可以使我感到我對於團體有所貢獻，團體對我的認識也要在新的計畫有機會公演以後。可是，我竟很快地被團體重視起來了。

就是在何老交談之中，他告訴我紫裳所唱的許多歌曲都是他編的。這些歌詞不好，要我為他改一改。他把他的歌曲一個一個吹給我聽，我發現他真是一個音樂家，他作曲不憑理論，只憑他的耳朵。用洞簫與笛子吹吹他的曲子，他認為不好聽的就改去，好聽的就留在記憶之中，教給紫裳。他不但會吹簫與笛子，他還會胡琴琵琶與許多其他的管弦。

在緊接著的幾天公演之中，何老與紫裳沒有事，我就整天為他們記錄他們所製造的歌曲。這些歌並不複雜，但都非常美麗，許多都是何老從各地聽到的民歌裡變化出來的。可是歌詞則都十分鄙陋，有許多只是舊腔濫調，沒有一點新意思。我覺得要好，就要把它們完全寫過才對。

在我的抄錄過程中，何老一面吹簫，一面還時時有所改動。三天三夜的工夫我抄下七十六支歌曲。大部分的歌詞我都要重新寫過。以後在船上我天天就做這個工作；於是一曲一曲的，都在紫裳的試唱之下，大家都唱了起來。這在我們團體精神上有一種新的貫通與鼓勵。於是我特別為團體寫了兩三支歌，由何老配成音樂。這以後就變成了我們團體的一種精神，使我們演出的氣氛有很大的改變。

而最重要的，紫裳變成了我們整個團體的靈魂。

這原因是因為團體裡每一個演員都屬於他們的單位，而何老與紫裳好像是屬於整個的團體的。我第一次編劇工作是草亂的，只是用何老所編的場合，加上了兩班人馬因為競賽打起架來，這時，有一個當地的牧羊女唱著歌出來，大家聽著她的唱歌圍上去，不但忘了打架，而且也應和著合唱起來。最後大家和好了，在這個歌聲中，兩方的各種玩藝有一混合的表演。飾牧羊女的就是紫裳。

這一次演出是在一個小縣城的廣場中。我沒有想到在汽油燈下紫裳可以有這樣光芒，她似乎完全換了一個人，而她的歌聲竟使廣大的嘈雜的聲音都靜了下來。

這一晚以後，紫裳就成了我們團體的象徵。

老江湖非常驕傲，也非常高興。我不用說，因為這雖是紫裳的成績，但至少是我的安排，我唯一的後悔，是沒有把牧羊女寫成仙女。我們非常興奮地把一切告訴何老。我滿以為他一定會比我們還要驕傲與高興了，可是，他只是淡淡地說：

「我沒有想到，沒有想到，這對她是不好的。」

於是他閉了一下已盲的眼睛，眼眶裡垂下兩粒眼淚，他說：

「鐵皮阿六，你大概還記得她的母親吧！」

我很想知道關於紫裳母親的身世，但我怕何老傷心，不便問他。我問老江湖，老江湖只是含混地應答著，似乎也不願告訴我，所以我也不便多問。也許就是因這樣關係，我對紫裳的發展有一種說不出的好奇。

自從那一夜以後，紫裳好像突然變了。她像是一把新的刀子，一霎時磨出了刀鋒，她的乾黃的嘴唇像葡萄一樣圓紅起來，皮膚也頓時纖潤，烏黑的頭髮閃著光澤，前面蓬鬆有致，後面的辮子上束著花結，眼睛閃出一種自尊嬌憨的光芒。她在表演時受到觀眾的喝采聲時的神態，一直保持下來，好像我們整個團體都成了她的觀眾。好多團體中的小夥子都想對她獻殷勤，而我發現小江湖似乎已浸入愛河裡了。只是紫裳對誰都很和氣，對誰都不過分接受，她有女性天賦的對付男人的本能，保持著無法接近的尊嚴。我的年齡雖只比她大五六歲，可是因為我整天同何老老江湖在一起，無形之中她也把我當作前輩似的，所以常常為擺脫小江湖小夥子的糾纏，而到何老和我的範圍裡來。

我們在那次小縣城公演以後，就被N城的一家戲院注意，他們請我們到N城去公演一個時期。我們本來計畫四個月的流浪公演，後來因為生意不錯，大家合作得好，已經延長了一個月。如今有了這個機會，我們勢必徵求大家的意思。老江湖同何老與我有一個新的規劃，把每個團體拆賬的制度，改成個人的薪給制，由老江湖充任班主，對每個人負責發薪。這種改變，雖然不很容易，但總算順利地辦妥。於是老江湖就接受了那家戲院的合約。

我想這N城是你所熟悉的，自以為那就是葛衣情同我決絕的地方。

那家戲院，你一定也熟悉，那是第一晚舵伯帶我去看京戲的大舞臺，它是那個城市最大的戲院，比當時上演葛衣情的越劇的戲院要大。

想不到我繞了一個圈子仍回到這裡來。而我由一個粗野的鄉下孩子，竟變成了一個頭腦裡有點墨水的青年；由一個臺下的觀眾，變成了臺上的策劃人。時間不過是幾年，人生的變化竟有如許的不同。而世界竟是這樣狹小，我在這狹小的世界中看到了過去的自己。

如今我知道大舞臺的老闆竟也是我與舵伯以前住過的那家旅館，叫江濱飯店的老闆。我們的團員大都住在戲院裡，可是院方為我們在旅館裡辟了幾間房間。我與老江湖住一間，何老與紫裳住一間，我住的一間也是我以前與舵伯住過的那間房子，這一半是老闆指定，一半則是我選定的。我一走進那間房子，幾乎吃了一驚，我沒有說我以前來過，我只是同老江湖說：「我們就住在這一間好了。」

十八

當初我與舵伯住在那裡的時候，一心只是為葛衣情煩惱，我對於周圍一點都沒有注意。如今我開始注意它裡面的佈置與窗外的環境。這些佈置都是以前的，不用說，家具也是隨著時間老了許多。可是門窗牆壁則正是剛剛刷新過。這房間在三層樓，小城市三層樓房子不多，所以從視窗望出去只看見灰黑色的屋頂，與繞在屋頂上一些炊煙，遠遠可以看見一條閃著陽光的江流。沿窗下望是一條小小的街道，喧鬧著行人與小販。當我坐下來的時候，我就想到舵伯打我耳光教訓我的情形。我當時竟是這樣懦弱與癡傻！順著我對於葛衣情的回憶，我悄悄地走出了旅館，我不由自主地走上街頭，無意識地走向以前葛衣情上戲的戲院。我在戲院外佇立了許久。這戲院現在顯得非常低狹，灰黯色調牆壁也遠比以前衰老，我想到當初葛衣情受當地的財勢的影響而離棄我的情形，我不禁想到後來我在上海所重會的她，她在我印象之中正是這戲院一樣的變化。這變化是她呢還是我呢？

假如當時葛衣情真的嫁給我又是怎麼樣呢？我會買一塊田地帶著葛衣情成立一個家，我也許已經有兩三個孩子，我會像父親一樣的是一個勤儉的農夫與忠實的丈夫。我不會去求學讀書進大學，變成了現在的我。當初我叫野壯子，現在我叫周也壯，也有許多人都稱我周先生了。那麼我的確已經不是我了。

要沒有葛衣情給我刺激，要沒有葛衣情提醒我沒有讀書，我是不會想去讀書的。而葛衣情所以對我嫌棄，是因為她認識了那個在上海讀過書的男人。假如現在的我真是比以前的我進步的話，那麼我當時的情敵也正是我的恩人了。

這就是人生！人生就是這些小小的機緣所創造的。而我在這個狹小的人間摸索著，被許許多多機緣所推動！

想著想著，我看陽光從戲院的牆壁縮上去了。我開始想到我應當回去，這時候我發現戲院的戲牌上大大的金字——姚翠君。

這大概又是一個葛衣情吧。我一面走著一面想，我想到我們明夜要上演的戲院恐怕也早已掛出何紫裳的名字了。我不用知道紫裳母親的故事，這時候，我忽然悟到為什麼何老在聽到紫裳的成功時要流淚了。

在我以後的生命中，我看過不少人很快地成名，不少人一夜就成富翁，但沒有一個人的成功像紫裳那麼快的。這不光是名，不光是利，而是一種蛻變。許多中獎券的人，他本身並沒有變化；許多藝術家一舉成名，有他努力的背景。獨獨紫裳，她的變化，是心靈上一種靈光。我親眼看見她花布包著頭，穿著敝舊的布衣踏進我們的船艙，兩眼呆木地望著油燈的神態。而如今，就是第二天晚上，她已經是一個華貴嬌豔光耀萬丈的仙子了。

故事還是上次上演的故事，不過我改了幾點。上次故事是以一個市集為背景，這次我改為在進香的路上，最後是廟會裡有各種技藝的表演。我特別將牧羊女改成觀音，她先是在小山上突然站起來唱歌，於是慢慢地從山路上走下來。

其實這談不到是編劇。我所以這樣改的動機，除了要使紫裳有仙女的演出以外，還是為湊那個戲院的佈置。那個戲院剛剛演過機關佈景一類的戲，後臺堆滿了那些佈景片子，其中有一座小山，我就臨時把它拉扯進來。

那家戲院已經有腳燈與一些燈光，紫裳的服裝來不及做，是我教她把整幅的白紡綢湊合起來，當她披著長髮赤著腳唱著歌從小山上走下來的時候，真是有想不到的效果。她的特有的漆黑的頭髮與眼睛，這時候竟成了她美麗的最大因素，不用說這小城市的觀眾沒有見過，就是我現在，當我把這個告訴你的時候，我也從未見過這樣美麗的女性。我後來看到過許多最成功的女伶，但如以女性美來說，都不能與這個當初像叫花子一樣在雨霧中賣唱的紫裳相比。這原因，現在想起來有幾點，第一因為有名的女伶們太要技術的藝術的修養，往往成功的時候，年齡已不是最美的時期，第二是普通戲劇裡的服裝都太固定，沒有像那天紫裳所用的因陋就簡的一幅白綢的飄逸，第三就是她的特別烏黑的頭髮與眼睛，在普通場合上不覺得，可是在舞臺上，在她全身白色的打扮中，它顯得是一種神聖與新鮮的象徵了。

以後，紫裳就被觀眾叫作活觀音了。

她的美麗，已經使人不必再計較她的唱歌，全院的觀眾在她唱後從死寂的靜穆中喧鬧起來。大家都希望紫裳永遠站在他們的面前。

團體中沒有一個人不為紫裳興奮，沒有一個人不為紫裳慶幸。只有何老，他竟為此憂慮得睡不著覺。

第二天早晨，紫裳找老江湖，說何老昨天夜裡病倒了。

在何老的病中，紫裳竟不能陪最愛她的祖父。她已是被全城稱作活觀音的明星，當地的縉紳、官貴、富商，都來請她赴宴，這是無法推卻的。每餐飯她要跑幾個酒樓去應酬，應酬完了就要預備上戲。她已經無法照顧何老。這時候能侍陪何老的是我，其次則是大夏與大冬。何老不願意請西醫，我們只好請中醫，但是中醫竟說不出他究竟是什麼病，沒有別的徵象，只是發熱，熱高的時候，就有夢囈。

何老的病，紫裳與老江湖都托我照顧，我有四天沒有到戲院去。紫裳回來的時候已是很疲倦，我們另外弄一間房間給她住，她回來看了看何老就回到自己的房中，老江湖每天也總來看一次。但常因何老在昏睡中，他們坐了一會，無能為力，只有托我怎麼想點辦法，此外也沒有時間與心境同我談戲院演出的情形，我只知道生意非常好，而紫裳實在太受人歡迎了。其他，我知道的，那是兩份當地的報紙所報導的消息。這些小地方的報紙，你是知道的，副刊的篇幅總是為女伶或紅星而設，有許多捕風捉影、牽強附會的報導。都是關於紫裳私人的交際生活一類的事情。我翻閱後也從未記在心上。

十九

有一天早晨，小江湖到旅館來探何老的病，在他走的時候，他約我出去談談。這時老江湖已到戲院去辦事了，我就帶他到我的房中。

剛才我沒有注意，這一瞬，我忽然發現小江湖的面色很不好，眼睛閃著失眠與不安定的光芒。我說：

「怎麼啦？小江湖，你的面色很不好，不要是病了。」

「我特地來求你一件事情。」他沒有理會我的話，突然說。

小江湖同我細細談話的機會不多，但是彼此很熟。他是一個壯健活潑的小夥子，是非常純直率良善的人。我從他的面上表情已經猜到他是什麼事了。我說：

「是不是關於紫裳的？」

「你大概已經聽人說了，我在喜歡她，自從上次公演以後，我們有兩三次單獨在一起。」他說，「可是到了這裡，我同她再沒有見面機會了。我想……我想她太紅了，這樣下去……很不好。你是我父親的朋友，也是何老的朋友，也是我與紫裳的朋友，我不知道你能不能替我促成這個好事，為我做這個媒？」

「真的？」我很高興地問，於是我忽然想到當初我與葛衣情的一幕了。我覺得紫裳現在決不會以小江湖為滿足的，我說，「是不是你已經得到了紫裳的同意了呢？」

「我根本沒有機會同她在一起，」他說，「不過以前她對我很不錯。」

「那麼你父親呢？你父親知道這件事麼？」

「他知道，但是他不願意何老因我們救助她們的關係而不好意思推託這門婚事。所以他說慢慢再說，至少要在這次公演以後，但是你知道現在紫裳的生活，這些自以為了不得的一群人天天找她……」

「好的好的，」我說，「我可以同何老談談，他如果答應了，我想你何妨請你父親直接同紫裳去談談。」

小江湖非常感激地走了，他說他明天來聽消息。

何老在下午好像清醒了許多，但是他忽然感歎著說：

「這次我是逃不過了。我已經活得很長，每個人都要走這條路，我沒有什麼可怨的。我放心不下的是紫裳，她不該再走這條路，我不希望她紅，我希望她可以找一個種田的男人，安定地成家。但是當初我們太窮，在鄉村裡人家當我們是走江湖的，沒有規規矩矩的種田人家來做媒，如今紫裳紅了，以後我真不知她……唉，我怕她太像她的母親。」

「何老，真的，我一直不知道你為什麼不喜歡紫裳成功。究竟她母親是怎麼回事？我每次想問你怕使你難過，現在你談起來，我倒想問問你。」

「她母親是一個走繩索的藝員，非常美麗。許多人都喜歡她，她也同許多人應酬，後來團裡與團外的人吃醋，她父親就領導團裡的人同團外的人打架，打傷了許多人。偏偏她母親同團裡另外一個人也好。她父親為爭風又同那個人打起來，把那個人打傷了。她父親就帶著她母親到鄉下買田隱居，那個人受傷後，聽說病了一個月就死了。他的弟弟為哥哥復仇，尋到她父親，在田野裡把她父親打了一頓，他父親回家就吐血，不久就死了。她母親在她父親養傷的時候，一直很好地侍候她父親，可是在她父親死後，她竟跟那仇人的弟弟跑了。這是一個奇怪的女人，我並不恨她。因為在江湖上走久了，人已經不是普通的人。她跟我的孩子海豹何棍幾年也並不快樂。我的孩子也不見得快樂……」何老斷斷續續說到這裡，忽然改了語氣說，「走上江湖，就永遠只能在江湖上混了。所以我要紫裳不要走這條路，這條路是永遠沒有結果。不要說紫裳是個女人，就是你吧，你可做的事情很多，也沒有理由要在這裡混下去。」

我說，我根本不想這樣混下去，在何老參加這個團體以前我本來沒有什麼興趣，後來他來了，我因為寫歌編劇才開始有點興趣。我告訴他我父親本來是個農夫，後來父母死了，我才跟了舵伯流浪做生意。我約略地把我的身世告訴了何老。

何老聽著聽著，忽然問我：

「你說舵伯，是不是那個頸上有個黑痣的販土走私的老舵呢？」

舵伯頸上有個黑痣，我是知道的，但從來沒有把它當作一件事記在心裡，經何老一提，我才想了起來。我說：

「是的。他頸上有個黑痣。」至於販土走私，我知道這正是他坐牢的原因。

「他現在在哪裡？」

「你認識他？」

「他是我的老朋友了，他比我年輕許多，但是我們是朋友，他是一個真正夠得上江湖上的朋友，他一定記得我，我幫過他的忙。」他說：「他現在在哪裡？」

「他已經闊了，在上海，過著非常豪華的日子。」

「真的？」何老忽然高興起來，他說，「你為什麼不早告訴我？但是也不晚，真是天幫助我，在我死前讓我知道這個消息。現在，也壯，請你把我床下的柳條箱打開來。」

我聽他的話，從何老的床下拉出一只柳條箱，這還是他在上次公演後買來的。我為他打開箱子，他說：

「就在那個布袋裡。」

那只布袋就是他到船上來賣唱時候用的，裡面是些錢鈔，點唱的本子和一些雜物。

「在那只木匣子裡面。」

那是一只舊的紅木匣子，我一打開，就看見幾張照片。男的我想是他的孩子海豹何棍，是一個很高大壯碩的人，面貌很挺秀，只是眉毛與眼睛都長得很緊蹙。一張女的，我猜想該是紫裳的母親了，這不是一張好的照相，但是已經顯得她的靈活與美麗，紫裳的容貌並不能同她比較，但她似乎缺少紫裳一種深沉單純的特質。我說：

「這就是紫裳的父母嗎？」

「是的，這照片就是她的父親和母親。」他說，「我不願意紫裳走她母親的路，她父母也不願女兒走他們的路，所以從小就給紫裳上學讀書，沒有給她練什麼玩意。只是她從小喜歡唱歌，我隨便教了她一點，她太聰敏，我不喜歡女孩子太聰敏。」

「舵伯也認識他們麼？」

「啊，他不會認識他們。」何老忽然說，「你看到裡面一個小紙包嗎？」

我在照片堆上找到一個小紙包，發現是一只玉鐲。

「一只玉鐲。」我說。

「是的。我死了以後，你把這個交給老舵，請他照顧照顧紫裳，告訴他我對紫裳的願望，這就夠了。」何老斷斷續續說，「你先把這個玉鐲收起來好了。」

我沒有說什麼，收起了那只玉鐲，把東西放好，仍舊把柳條箱推入床下。

「真是上天保佑，讓我在最後找到可以託付紫裳的地方。」何老安詳地說。

我回到座位上，開始想到小江湖今天托我的事，我想這該是我提議的時候了。我說：

「何老，你知道小江湖今天來看我麼？他對紫裳一片癡情，要我來做媒。我想他倒是一個健康勤儉的小夥子，這門親事如果成功，也許於紫裳是幸福的。」

何老一時沒有理會，皺著眉沉吟許久，他忽然說：

「照說我不能拒絕這門親事，可是我並不喜歡。上天叫我在我的死前知道老舵的下落。老舵已經得意，他一定會為紫裳安排更好的前途的。」

「但如果紫裳也喜歡小江湖呢？」

「那就聽他們自便了，可是我要同老江湖小江湖談談。如果小江湖肯放棄走江湖的生活，安安定定去種田，那我也總算可以安心了。」

不知怎麼，何老那天精神特別好，他希望馬上可以同老江湖談談。但是老江湖在戲院裡，何老忽然說：

「夜裡，我怕不會有這樣好的精神了，那麼還是托你同他談談吧。」

何老的預感並沒有錯，夜裡他熱度又高起來，後來就昏昏睡去。老江湖回來已是夜半二時，他看何老睡著了，就問我病情。我把白天的事情告訴他，老江湖沉吟了好一會說：

「我也不贊成這門親事，紫裳決不會是小江湖的好太太，她現在已經走入了紅運，怎麼會願意下嫁給小江湖呢？沒有一個江湖上的女孩子會有好結局，因為她們總不肯適可而止，紫裳也似乎沒有法子挽回了。不過如果紫裳願意嫁給小江湖，我一定讓小江湖買一些地去種田去。不過我想他也不是種田的材料，就算他現在答應，不到一年兩年他也會賣了田地，重新去走江湖的。可是這是以後的事情，做父親的也管不了這許多。但是你千萬告訴何老，不要為我與他的交情而覺得不能拒絕這門親事。這是兩件事情，後一輩的事情於我們交情無關。」

老江湖說到這裡就睡了，在床上，他忽然問我：

「你有沒有問過紫裳呢？我看她也許早已看中了有錢有地位的公子少爺們了。」

「那麼，我明天去找她仔細談談。」我這樣回答著。心裡可馬上想到當年葛衣情離棄我的情形。紫裳的情形不會同葛衣情有什麼分別，人生往往都是相同的軌道，每個人同樣走著而自己不知道罷了。那麼小江湖的命運恐怕將同我一樣了。我因為葛衣情一句話的刺激，去讀了幾年書，那究竟對我是好是壞，我無從知道。可是那個刺激的創傷，則始終在我的心頭。想來這一生是不會痊癒了。這正如肉體的一個傷疤，每逢陰濕潮冷的時候總有隱痛。我於是想到父親，我的父親不也就是為一個刺激而使他神經錯亂麼？

我希望小江湖不要蹈我的覆轍。即使紫裳不願意嫁他，我也將勸紫裳用非常婉轉的話，不要傷及小江湖的自尊與自信。我決定第二天一早去同紫裳談談。

二十

我與紫裳雖是相識很久，但從未有過正式的認真的談話。一開始，我馬上發現她已不是我所認識或想像的紫裳了。

「我一直沒有想到過。」她說，「我看小江湖同班子裡什麼人都一樣。」

「但是現在怎麼樣呢？人家來做媒了。」

「我還不想嫁人。」她說。

「是不是你心裡已經有一個人了呢？」

「也許。」她忽然露出一個我從未在這個臉上見過的笑容，馬上使我想起這是從前葛衣情臉上有過的東西。

「你不要以為那些每天應酬所見的有錢有地位捧你的人……」

「但是這是最方便的路，是不？」

「紫裳，想不到你說這樣的話。」我說，「你不知道你祖父是多麼怕你像你的母親。」

「可是你放心。我並不喜歡走方便的路。」她說。

「你年紀輕，正在紅的時候，沒有看到整個的人生。我想你祖父為你想的總比較對。你不要生氣，他們都說，江湖上紅過的女孩子很少有好的結局。一個人最難在得意時謙虛。」我忽然發現紫裳對我的話很不耐煩，我轉了語氣說：「我說的話完全是為你著想。」

紫裳忽然冷笑一聲。她說：

「你是真的想到我麼？還是為小江湖著想？」

瞬間，我忽然發現在我面前的紫裳是一個俏麗無比的女性了。

她穿一件銀灰藍花發亮的旗袍，露著圓潤的兩臂，敞著領子；腳上是一雙繡花的拖鞋；她坐在梳粧檯前打扮，不時回過頭來回答我的話。這梳粧檯是舊式的，鏡子很小，我不能從鏡子看到她的整個的臉。但是我在她回顧時，看到這個現在變成白皙滋潤的面龐，我發覺好像本來尖削的下頦也豐滿了一些了。

她似乎沒有改去用花布包頭髮的習慣，但等她在頸部臉上施好脂粉以後，她除去了那塊包髮的頭巾。那束像絲綢一樣的頭髮就披下來了，一直垂到身後的地上。這是一種無法形容的純黑，濃郁得像是一幅倒掛的瀑布。

不知怎麼，我竟自責：我怎麼會一直沒有注意到，這世上竟有這樣一個美麗的女性在我們的周圍呢？紫裳忽然說：

「你不會想到我的。你只是可憐我們就是。我們是叫花子一樣賣唱的。」

「這是什麼話，紫裳？」我說，「你祖父這樣病在床上，你每天出去花天酒地，我一直照顧著你的祖父，這難道還不能當我是你們的朋友麼？」

「我很感謝你。但是我的事情，讓我同祖父自己談吧。」

我當時告辭出來，心裡很有點不高興。我覺得紫裳已經不是當日演牧羊女時的紫裳，更不是她到船上來賣唱的紫裳了。

女人，這是女人！她已經紅了，很自然地就有她的架子與派頭，這原是每個女人心底都有的一種本能，無需乎學習隨時都可以拿出來的。

紫裳打扮好以後，就有包車來接出去了。對於紫裳的交友，我從來沒有注意過，可是那一天我竟有一種奇怪的感覺。細細反省，我知道這是妒嫉。

但為什麼不能說我是為我們團體而妒嫉呢？一個人的理智永遠可以為自己作有利的解釋。

飯後，我午睡。起來的時候，我聽見何老的房中有人在談話。那是紫裳的聲音，下午沒有戲，而她竟很早就回來了。想來她是急於要同祖父談談剛才我同她所提的事情。所以我沒有進去。

半個鐘頭以後，我又過去；紫裳還沒有出來，這次我可聽見她在哭泣，好像何老在安慰她。我當然不想打擾他們，所以就出來到戲院去看看。

戲院門口有許多人排隊在購票，裡面可是很寥落，老江湖在經理室結昨天的賬，後臺沒有人，演員們都外面去花錢去了。

戲院是永遠有兩副面目的怪物，正面是燈光輝煌，衣飾繽紛，熱鬧活躍的場面，反面則是灰黯空虛骯髒疲乏的空氣。

舞臺上這時只亮著一盞電燈，有兩個工人在改動佈景，發出單調的咳嗽與剝啄的敲擊的聲音。垂著的綢幕像是沒有化妝的婦人的面貌，綢幕上是黑鼠牌紙煙的廣告，這是用黑絨縫綴上去的圖案與字句，反面看起來像是長在皮膚上的瘡疤。
我上去望了一望就退了下來，下面堆滿了佈景的片子與道具雜物，在陰暗的光線中好幾次都同我相撞。我開亮了一盞燈。突然我看到板桌後面一縷煙霧，我發覺後面有一架帆布床，有人躺在那裡，過去一看，不是別人，是小江湖。
他嘴上叼著紙煙，地上放著酒瓶，好像沒有看見似的不理我。
「小江湖，是你？你在這裡幹嗎？」
他還是不理我，我發現他已經有點醉了。
「這算是幹麼？」我說著一把把他拉起來。
「你管我麼？」他說著才轉過掛著紅絲的眼睛來看我。他說：
「是你，野壯子？」
「你這個樣子，是希望活觀音嫁給你麼？」
「我看她跟著人到酒館去喝酒，為什麼我不能喝酒呢？」
「但是她並沒有喝醉，現在正同她祖父談你的事情呢。」我說，「披上衣服，讓我帶你外面去走走。」
我說著把放在旁邊的衣服交給他，挾著他從台後出來。
到了外面，排隊購票的觀眾都對小江湖注視，小江湖也沒有理會。戲院門口有賣酸梅湯的，我買了兩杯叫小江湖喝盡，於是我帶他到一個茶館裡，讓他洗一個臉，喝點茶。這樣他才清醒了許多。

我說：

「我已經同何老講過了，他並不反對把紫裳嫁給你，可是他不希望紫裳在江湖上混，他要老江湖幫你購置幾畝田，你成家後去種田去。」

「真的？」小江湖高興地說，「這正是我的想法。走江湖賣藝，我早想過了，一輩子不會有出息。你看我父親，幾十年來還是這樣。」

「所以問題不是何老，而是紫裳，你相信她肯放棄她這樣發光的熱鬧生活去過莊稼生活麼？」

「那麼你說怎麼辦？」

「沒有辦法。等她同她祖父談後再說。」我說，「小江湖，不瞞你說，我也有同你相仿的經驗，一個人在這樣的情況下是想不開的。但是男子漢大丈夫，沒有女人也還要活下去，何況世上女人正多，你想不開也還得想開。」我用以前舵伯勸我的話勸他說。

「可是，我……我……」

「你應該去玩玩，找你高興的去玩。」我說，「但是，事情也許沒有絕望，回頭我看到何老就會知道。如果成功了你也不必太高興。你以為種田是件容易的事情嗎？也不容易。像你那樣從小跑碼頭，一到田莊裡，也許兩天就厭倦了。紫裳做你老婆，我也不相信是一個好的管家。」

「那麼你是不希望我們成親的。」

「你父親也不希望，不過為你的欲念，我們都願意幫你實現就是。」我莊嚴地說。

小江湖愣了一下，望望我又望望茶杯，兩眼一呆，突然伏倒桌上，竟像小孩子似的哭了起來。

「女人，你又不是女人，這麼大個兒。」我說，「起來，去玩玩去。」

這時恰巧外面有幾個班中的團員進來，我就招呼他們坐在一起，我說：

「你們從哪裡來？」

「大明旅館。」

「幹麼？」我說。

「高升在做莊。」

「你們輸了？」

「我們正想去借錢，你借我們一些麼？」

「我看我有多少錢。」我說著從袋裡拿出皮夾子，這些天我一直沒有花錢，上次分給我的錢都在裡面，一共是三百幾十元，我把一百塊給小江湖，其餘的平均分給他們兩個人，我說：

「你們帶小江湖一同去玩玩吧。情場失意，賭場勝利，你們跟他打，包你贏錢。輸了不必提，贏了可先要還我。」

「你也一起去吧。」

「我還有事。我一去怕不會有好運氣了。」我說著就走出茶館，我說，「我把小江湖交給你們了。」

離開他們，我叫了一輛洋車回到江濱飯店。

何老的房間是靜悄悄的，紫裳已經不在，我輕輕地推門進去，看床上的何老仰著睡覺，我正想退出來的時候，何老忽然微微一動，問：

「誰呀？」

「我。」

「我正要找你談談。」

「我也想知道剛才紫裳怎麼同你講的。」我說，「老江湖昨夜也同我談起過，他說他也並不十分贊成這門親事，請你不要以為不好意思拒絕，而要紫裳答應他們。」我想到剛才聽見紫裳的哭泣，怕是何老在勸誘她，所以先說了出來。

「我自然要問紫裳自己的意思。」他說，「現在已經定了，這次戲演了以後，請你一定帶她到上海老舵的地方，老舵一定會好好替她安排的。」

「為什麼說要我帶她呢？」我說，「你自己難道不同去麼？」

「我麼？我不會活到那個時候了。」

「這是什麼話呢？你現在已經比前幾天好多了。」

「這是迴光返照，迴光返照！」他歎口氣說，「你不要為我難過，我活到現在已不是短命，只要紫裳有著落，我死了也很安心的。」
「她一定不喜歡嫁給小江湖麼？」
「她是一個好孩子，很好很好，比我所想的還好。」
「她知道舵伯麼？」
「她不認識他，只是聽我說起過。」
「那麼她願意去，是不是為要聽從你的意思呢？」我說，「我倒擔心她興許會喜歡一個這裡每天請她吃飯的人了。」
「沒有沒有，」何老嘴角露出驕傲的微笑說，「她比你想的要好。」何老於是又說：「我怕的就是這個，一個窮女孩子，一旦到了城裡，很容易馬上喜歡上那些有錢少爺的，但是她沒有。」
何老的話馬上使我想到葛衣情，葛衣情是多麼不如紫裳呢？但是葛衣情有一個母親，而她又是多麼不能同何老比呢？
何老忽然伸出他細長乾瘦的手，對我搖搖說：
「你到這裡來，坐在我床邊同我談談。」
我走到他的床邊，為他蓋好被角，我說：
「今天你醒得太久了，休息一會吧。」
「我就可以永久休息了，現在我只想問你一句話。」他說，「你願意老老實實告訴我麼？」

「自然，你知道我從來沒有對你撒過謊。」

「那麼，你老實告訴我，你是不是也在喜歡紫裳呢？」

「自然，我們這裡誰都喜歡她的。」

「我是說，非常非常喜歡她。假如她願意嫁給你，你願意娶她麼？」

「我……」

「你說老實話。」

「我沒有想到這個。我一直沒有想到這個。」

「我告訴你，她今天同我說了，她一直是鍾情於你的。」何老忽然拉著我的手說，「她叫我不要告訴你，但是我沒有法子不告訴你，你知道我也許很快就要去了。這是我最後的願望，也是天意，老舵現在等於是你的父親，他是我的好朋友，紫裳又喜歡你，這不是天意麼？她是一個好孩子，我希望你會好好待她，愛護她，不要辜負她……」何老說到裡突然咳嗽起來，我拍拍他的背，起來倒一杯茶給他。我馬上想到剛才我聽見紫裳在房裡哭的原因，難道她真是一直在愛我麼？而我竟笨得連這個都不知道。

何老喝了一口我遞給他的茶，又說：

「我不要你勉強答應我，這究竟是你終身大事。我也不喜歡你現在答應我了，將來有負於她。不過她以為你一直看不起她，你沒有把她放在眼裡……也許不夠配你，但希望你不要讓她以為你看不起她……」何老又咳嗽一陣，忽然喘起氣來。

「我怎麼會看不起她，我一直覺得我不夠配她，我還以為她以前同小江湖很好，現在……」

我的話沒有說完，何老的面色忽然變了，他喘氣越來越急。我又給他喝一口茶，他突然握著我的手想說什麼，但是說不出。他的手原是非常乾燥，這時候竟都是冰冷汗膩了，我叫：

「何老，何老。」

他沒有理我，一陣痙攣，手一時握得很緊，我粗壯的手指竟被他握得痛起來，這時我看他額角汗流涔涔，像是拼命掙扎一般的，突然他放鬆了我的手，吐出一口深長的氣，臉上浮出微微的笑容。

何老就這樣死了。

我跪在他的床前，拍拍他的手說：

「我會好好愛護紫裳的。」

一瞬間，我握著他的手，竟像小孩子一樣地哭了起來。

二十一

何老死後，喪事都是我給他處理的。原因是戲院廣告已出，票也已預售出去，無法輟演。大家都要上戲，只有我有自由。自然，別人在有空的時候也輪流著來幫我忙的。

何老停喪在一個叫紫雲庵的尼庵裡。尼庵離旅舍較遠，我為管理便利，所以就搬到紫雲庵裡暫住幾天。

頭三夜，我們請了六個尼姑念經。戲散了以後，戲院裡有人偕紫裳同來，但別人陸續散了，勸紫裳回去，她總不肯走。她一定要和尼姑一同守夜。她一到靈前，總是一直流淚；呆坐在一邊，沒有一句話；她全身縞素，沒有一點化妝，但這不但沒有減少她的美麗，反而在美麗中添增了莊嚴與高貴。我在當時沒有反省我這種感覺，可是在久久以後，我發現人的精神因素是常常這樣在改變外貌的。這大概也就是為什麼那頭戴刺冠、鮮血滿面、衣服襤褸的耶穌像始終在我們心上有美麗的印象了。對於像我這樣一個不瞭解紫裳可以有如許高貴的深情的人，紫裳真是顯得說不出的神奇。

連續三夜，紫裳一直到天亮才回去。第四夜，老江湖怕她病倒，一定要她一同回旅館去。我也隨著老江湖勸她，她總算順從了我們的意志。但是第七天她又一定要守夜，當地的風俗，要供七七四十九天才取消靈幃。每逢虞期我們都請了四個尼姑誦經，紫裳則一定要陪著尼姑守夜。我因為住在尼庵裡，夜裡也睡不著，所以也總隨便問庵裡借佛經看看，去陪陪紫裳。我並不誦經，只是隨便看看。在暗淡跳動的燭光下，聽著尼姑的誦經聲，伴紫裳過那陰淒寂寞的長夜，實在是我生命中從來沒有經歷過的一種新鮮的體驗。我手中的佛經，記得是一本《楞嚴經》吧，是我從來沒有接觸過的一種書籍，起初只是隨便似懂非懂地解悶看看，但慢慢我竟由好奇而發生了一種奇怪的興趣。

紫裳全身縞素，只是失神地莊嚴地坐在那裡，究竟她在回憶過去，還是默禱未來，我無從知道，亦不敢問她。在偶一顧盼之中，我不免要對她注意一下，我覺得她實在太不同於普通的女性了。我沒有去戲院，實在無法想像她究竟這幾天是怎樣演出的。

大概是五虞的那夜，小江湖也在庵裡，他似乎很想勸慰紫裳，我於是就推說疲倦，要先就寢了。紫裳忽然破例地說：

「你再坐兩個鐘頭怎麼樣？讓我在你房裡睡一會，回頭我起來，你再去睡去。」

這當然是無法拒絕的事情。

她就寢後，沒有一會，小江湖也就走了。我知道小江湖是很失望的。而我忽然想到，如果以追求女性來說，這多麼不是一個時機。當紫裳滿心哀悼何老的時間，小江湖怕只有對何老表示哀悼，才是最可討她喜歡了。小江湖對何老沒有特別的接近，當然難怪他沒有這種情感，而他又是不會矯作的人。

我一直沒有想去討紫裳的喜歡。在整個戲班中，工作與生活，使我與何老一直在一起，而何老的音樂天才與性格，又正好被我所欣賞，他的喪事又落在我身上來為他處理，是這樣一點一滴的因緣，造成了紫裳對我的傾愛，而我在當時竟毫無所知，這也可以說我的心理狀態是完全被何老所佔據著，而生死的問題使我又一次感到人生多麼渺茫。

我曾經經歷過父親的死，但是他是神經錯亂死的。他長時期對母親的磨折與對我無理由的脾氣，當時已經使我有了反感，他的死在我感情上的負擔似乎還輕於我的責任。而何老的死，則純粹是我感情上的負擔。中國傳統上父子的關係，實在太密切，我對於父親一切的奉侍與犧牲，他認為都是我做兒子的本分，他無需客氣或感激，而我也認為對他的孝侍是我必須做的責任。這也許是一種好的制度，但也就減少了一種由愛心自發的動力。何老在舞臺工作上對我的啟發，在音樂上同我的合作，在生活上對我友誼的聯繫，使我在感情上對他有自發的愛心。而我的愛心在他則認為是一種破格的恩惠，他由衷地對我感激而信任。這所以他的死在我竟比我父親的死還使我哀傷了。

一切我父親所不瞭解的，願父親在天之靈對我原諒吧。一切人間的愛都當以友情為基礎，而一切其他的愛往往因超過友情而毀滅了友情；這因為只有友情是以自尊尊人為前提，而父子夫妻的愛情，往往就突破了這個前提。父親使我變成低能無用的人物，而何老則使我變成萬能有為的人才。當我瞭解這些以後，我就有勇氣來說我對何老的侍奉的自願竟遠過於對我父親的侍奉了。

可是社會是無法瞭解這個，社會可以解釋我因為要討好紫裳而故意這樣做作，社會可以解釋我因為要征服紫裳的心，因為要從許多人手中搶到紫裳而這樣做。而這是我無法說明與洗雪的。

因為，事實上，紫裳真的竟完全傾向我了。

五點鐘的時候，紫裳從我房間裡出來，她身上披著一條毯子，我在庭前碰到她，她說：

「怎麼一睡睡得這麼久，天都快亮了。」她撫弄她烏黑的長髮說。接著她要我去睡，由她輪流來守夜。

我說：「索性等天亮吧，我陪你吃了一點早點再去睡。」

就在這陰暗的庭前，她烏黑的眼珠反映著淡淡的星光同我的視線接觸時，突然，她投在我懷裡哭了。沒有比現在我敘述時要更清楚，這是幾十天來她第一次在哀傷的情緒中清醒過來，突然看到她周圍的空虛與心靈的寂寞，而發現我是她唯一的親人了。

許多事情，在隔了許久以後，我們會非常清楚，在當時則是糊塗的。假如我那時候對紫裳表示了情愛，紫裳就馬上會是我的人了。可是在隔了許久以後，她也許會覺得她並不是愛我，而是我在她心靈最空虛的時候侵入進去的。

而我在當時，竟沒有填補她心靈的空虛。這不能說我當時還並不愛她，也不能說我當時心靈還是充實著對何老的哀傷。這是因為我已經不是初戀了。

我想世間的人對我會有同感的：一切被愛情的毒汁燙過心的人，對愛情的乳蜜往往是不容易吸收的。這正如種牛痘的人不容易出天花一樣，一種奇怪的抵抗力在我的心靈抗拒，使我對面臨的愛情輕輕地疏忽過去。等到我發覺的時候，這愛情也就不能捉摸了。

我當時安慰著紫裳，勸她到靈堂去，但是她說：

「到現在為止，我還不知道祖父在臨終時對你說過什麼。」

「為什麼這時候問我呢？」我說，「我正想在喪事過後同你細細地談談。」

「但是我現在想知道。」她說，「現在我已經沒有一個親人，我應當知道怎麼樣處置自己了。」

她說著走下了庭沿，坐在石階上。

天色已經微白，簷前響出了雀鳴，院中有一株不高的木樨，在料峭的風中滾下點點的露水。

這時候，我發現披在紫裳身上的正是我床上的一條黑色的毯子，她裹緊一下毯子說：

「你也坐下來吧。」

就在我坐下去的一瞬間，我看到她直垂到地上的像瀑布一樣的黑髮。這是我在上次同她談話時見到後一直沒有注意到。

我坐在她的身邊，她說：

「你冷麼？」

說著她就讓出一半的毯子披在我的身上。她說：

「是不是祖父要你帶我到上海舵伯的地方去呢？」

「是的，這是他的意思，他說你也願意的。」我說，「他不喜歡你在戲班紅下去。」

「他一直是這樣想。」紫裳說，「當初他有些朋友很有意思要我學些玩藝，他不肯。後來我們沒有辦法，我也想跟人去跑跑碼頭，但是他不願離開我，所以我們會弄到賣唱乞食。要是老江湖不想收留他，他也不會放我一個人去加入班子的。現在他去了，還是剩我一個人，我還是要活下去……」紫裳忽然拉緊一下毯子說，「我常常聽他講起老舵，究竟他是什麼樣一個人，我跟你到他那裡，要過怎樣一種生活呢？」

「這個只有在你見了舵伯以後才會明瞭，但想來不會是戲子的生活了。」

「祖父不願我過戲班子生活，因為他見到我母親，見到他同輩的一些賣藝的女人。難道我不能夠同她們不同麼？」

「那麼你是想過現在這樣的生活了？」

「假如舵伯不喜歡我，假如我不喜歡過或不會過另一種生活，那我就只有過現在這樣的生活了。」

「像你這樣聰敏，沒有什麼生活不會過的，只要你有耐心。」

「你以為我應當嫁給小江湖去過種田的生活麼？」

「啊，這個，這是要看你對小江湖怎麼樣？如果你愛他，為他你就什麼樣的生活都能過了。」我說。

「這在女人是可以的，在男人就不一樣了。」她說，「男人是只顧目的不擇手段的。」

「我不懂你的意思。」

「你大概知道我父親同母親的事情的。」

「知道一點，但是並不詳細。」

「父親才真是為母親放棄他願意過的生活去種田的。」她說，「但是種了田以後，母親倒慢慢習慣了，父親則始終認為母親害了他一輩子不能出頭。他一直不願意過種田生活的。」

「你的話使我更不懂了。」我說，「好像你祖父是覺得你母親過不慣種田的生活，才……」紫裳這時候忽然禁不住笑了。她說：

「那麼祖父並沒有同你仔細說過。祖父始終是愛護我母親的，覺得父親對我母親不夠好，他唯一覺得母親不對的，是她竟跟著我父親仇家方面人走了。」

「她是跟一個謀害你父親方面的人走的？」

「祖父起初以為母親會回來的，但是沒有。他在五年以後方才相信母親真的不會回來了，這時候祖父才對母親失望。」

我沒有再說什麼，我在回憶何老所談到過的關於她母親的話，但是這實在太少了。

「祖父愛我很不平常，他講過他所知道的江湖上出色的女孩子都沒有好結果，所以他從來不許我學什麼玩藝，一定要找到小學校讀書，只許我隨便唱唱歌。可是後來窮下來，母親一直不回來，我還是要賣唱過活，這真是命運註定的。」

紫裳說完了又拉緊一下毯子，這使我又意識到我與她是裹在一條毯子裡面。晨寒料峭，我打了一個寒噤。這時候我頓然想起何老同我談到的紫裳一直在愛我的話。一瞬間，我忽然有一種奇怪的勇氣要向她表示我心裡對她的愛慕，我為她裹緊了一下毯子，我說：

「紫裳……」

但是，我沒有說下去，好像是院中的雀鳴提醒了我，我是多麼不配去愛紫裳啊！我忽然想到了葛衣情，葛衣情離開我的時候說要嫁給一個讀過書的人，那麼今天我竟就以這個資格在搶小江湖的對象了。這使我有一種奇怪的自卑。不管小江湖將來是不是會像紫裳的父親一樣怨恨種田的生活，但現在至少他有勇氣為紫裳完全改變了生活，而我能獻給紫裳什麼呢？要是小江湖沒有托過我，我還沒有什麼，如今我已經受了小江湖之托，我在心理上道德上好像就失去了對紫裳求愛的自由了。

自然，這都是事後所分析的理由，而理由都是人造的。我後來也曾自責地對人談到我的愚蠢。有人就說假如何老當初不告訴我紫裳在愛我的事實，我也許就有勇氣表示了。我細想這句話也很有道理，因為好像這一開口我的命運就此註定了。如果這是逢場作戲隨地調情原是沒有什麼，偏偏我是這樣敬愛何老與紫裳的感情。有人還說我當時還是太年輕，沒有想成家立業；也有人說我年齡太大，考慮太多，我細想這些話，也覺得都有道理。但如此複雜的情緒，分析往往是愚蠢的事情。諸凡曾經被愛情的毒汁燙過心的人，都會知道他對於愛情的乳蜜也缺乏吸收的能力了。人心往往是同吸墨水紙一樣，吸了油膩以後，它無法很快地吸收水了。

天色已是亮了。尼姑的誦經已經停止。我說：

「紫裳，我們到裡面去吧。」

二十二

日子過得很糊塗，我一直沒有想到我們在大舞臺的演期。等喪事過去，將何老的靈柩停到一個義莊裡以後，我才知道老江湖已同大舞臺延長了合約。本來我以為很快地可帶紫裳到上海付託舵伯的事情，無形中就延擱了。

許多事情真是無從解釋，紫裳的發紅也是一件莫名其妙的事情。頭腦科學的人想對什麼都要求一個理由與原委，這並不難，可是任何一個會賭博的人，都知道牌的順利與不順利是一種不必求理由與原委的事情。

我很難描述紫裳在舞臺上的風姿，不過在我現在可想得到的印象之中，似乎說一句話已經夠了。我們的表演實際上是一個雜耍團，談不到什麼藝術與高貴的情操。而紫裳的風姿好像就將整個的氣氛轉換成一種不是江湖上賣藝的玩意了。這絕不是我或別人教紫裳的，也不是紫裳自己有意識地這麼表演。我們可以說紫裳心靈裡有那麼一個因素，我們也可以說紫裳的外形是這樣合適於舞臺或合適於這樣的角色。一個人走紅正如賭博的走順，怎麼樣賭法，就會怎麼樣來，用種種解釋總是徒然的，然而人竟是無法放下這個解釋的要求。我隨著知識與年齡的增加，對於這個謎始終有不同的分析與解答。也許所謂最基本的原因則是一個簡單不過的暗示。這暗示，就是她的外號「活觀音」。

是這個簡單的符號催眠了紫裳。——要是複雜的教條或別種的暗示，我相信她一定是無法感應的。而觀音竟是她從小所熟識與想像的一個觀念。我還可以想到在何老喪事的尼庵中，那觀音是男性的佛像，但是給人們的想像竟都是女性的。我無法瞭解紫裳對於觀音有什麼想像，但可以瞭解她的想像也竟是一般觀眾對觀音的想像。而活觀音這個簡單的暗示竟也催眠了全城與各鄉的人民。

而這綽號的來源又是多麼偶然呢。

迷信是不科學的事情，稍微有一點知識的人都會講這麼一句話。但是世界在二十世紀的社會中，人們竟並不能完全沒有迷信，而許多科學界的人士有時也固執一二種迷信的戒條，這也可見迷信也許竟是屬於人性的了。有人說迷信是落後民族落後社會的東西，我覺得這是非常膚淺的說法。在我的人生經驗中，我發現迷信實是人類在不安定生活中的一種均衡精神的力量。我們只可說落後民族或落後社會的生活較不安定，所以迷信容易普及，可是迷信並不是落後直接的產物。在動亂的時代或戰爭的年頭，在所謂進步的民族與社會的人群裡，迷信往往也是非常普遍的。這也就是為什麼那些殺人不眨眼的草莽英雄，那些走江湖賣藝的以及做投機與好賭的紳士們，都固執著一種奇怪的迷信。後來我知道紫裳的母親喜歡念經，她還在家裡供著一尊觀音的玉像，這玉像是一個老尼姑送給她的。紫裳母親走的時候，什麼都沒有帶走，只帶走了這尊觀音的玉像。

這也許是心理分析專家的材料。可是我在這裡提及的，倒只是一個問題：假如這尊觀音的玉像也就暗示了紫裳的前途的話，那麼為什麼不能說是前定的命運呢？

就在我們同大舞臺合約延長的期間，紫裳同我突然接近起來。她喜歡同我談話，喜歡同我談她的祖父，喜歡我告訴她我的閱歷與對於各種事情的想法。我一直沒有對她表示情愛，她也並沒有，也無法回絕外面的應酬。雖然有許多有錢有地位的人在追求她，可是我知道她真是沒有把任何人放在心裡的。

何老喪事結束後，我就夜夜到散戲後才同老江湖、紫裳一同回旅館，有時候老江湖同院方有事接洽，紫裳要跟我先回去，我總想等老江湖同走。紫裳已經太紅，我常常同她在一起是非常遭忌的。這對別人並沒有什麼，對小江湖，則是一件時時使我難過的事情。這種心理內疚也使我怕同小江湖單獨在一起，幾次三番我都想對小江湖作一個詳盡的解釋，但是真不知道怎麼說起，而小江湖對我的態度，似乎猜疑越來越深，我更覺得我的解釋是很難得他瞭解了。

於是有一天下午，一件不可避免的事情終於發生了。

那天紫裳已經出去應酬，老江湖還在戲院裡，只有我一個人在旅館裡，我好像並沒有做什麼事，只是在房裡翻當天的報紙。小江湖帶著三分醉意直闖進來，我知道他來意不善，想特別和氣地招呼他，可是他沒有等我開口，就先說：

「你好！」

「怎麼樣？小江湖。」

「你自己同紫裳……哼。」

「你聽我講，坐下聽我講。」

可是小江湖竟一拳打在我的胸腔，後面是一個單人沙發，我就坐在沙發上了。接著小江湖就撲到我的身上，揮起拳頭打我的頭部，我當時接住他的拳頭，用雙膝把他的身軀推開。第二次他撲過來的時候，我就用兩隻腳對他踩去，他後退，沒有幾步就到了床邊，他就站不住，斜倒在床上了。這時候我就躍身過去，想按住他。

假如我力氣同他的力氣的比例是舵伯與我的比例，那就什麼問題都沒有了。可是我們倆的氣力竟是相仿的。我從小以壯健有力自負，但是讀了幾年書，竟完全不同了。他的先天並沒有我壯健，但他練過武術。所以我並沒有能將他完全控制。我想使他的手足無法施展，我用我的身體盡力壓在他身上。可是當我控制他的雙腿的時候，他的手就活躍了。於是我腿股上突然感到一熱，我發現他手上正握著一把帶血的刀子。我一隻手按住他的手腕，一隻手摸我的腿股。我把滿手的血給小江湖看。他突然軟了下來，他手上的刀子放鬆了。刀子落在床上，我就退到沙發上。小江湖一時似乎很驚慌，不知道是走好還是留好。我說：

「不要走，幫我包紮起來吧。」

這時候外面的茶役來問有什麼事。我說：

「沒有什麼，沒有什麼。」

小江湖來看我的創口，他說：

「不要動，我父親那裡有藥。」

小江湖出去了，到老江湖房內找了藥回來的時候，我的一塊毛巾已經被血滲透了。但是他是耍技藝的，他懂得怎麼樣治傷，他很快地用一種藥粉為我敷上，給我包好，他一面收起了床上的刀，一面說：

「想不到你並不是我所想的膿包。」

「怎麼？」

「我以為你也只是一個暗箭傷人，口蜜腹劍的人呢。」

「怎麼見得我不是呢？」

「你並沒有叫救命讓員警來捉我。」

「因為你並沒有想謀殺我。」

「老實說，我是想來殺你的。」

「那麼為什麼不呢？刀子不就在你身上麼？」

「剛才我喝醉了酒。」小江湖忽然自責地說，「我看見你手上的血，忽然想起我父親以前說過的一句話。」

「是句什麼話。」

「他說，不要相信女人的話而背叛你的朋友。」

「女人的話？紫裳對你說什麼了？」

「她對我說，她喜歡的是你，你要在我們演完戲以後帶她到上海去結婚了。」

「假如真的是這樣呢？」

「那麼你應當早告訴我，不應當背裡使壞。」

「那麼我現在把什麼都告訴你，你會相信我麼？」

小江湖這時候才靜下來，聽我對他解釋。我把一切經過告訴他以後，我還告訴他我同葛衣情的事以及舵伯怎麼教訓我的種種，我還告訴他紫裳與她母親父親的故事。最後我說：

「我的父親是安詳的農夫，我一直想有個我所喜歡的太太過清苦安定的生活的，但是現在我反而不想這麼做了。你怎麼會想去種田呢？我相信你從來沒有想過，只是為何老的要求，而你想佔有紫裳，所以有這樣的想法。你相信將來不會像紫裳的父親一樣，要一輩子後悔麼？」

小江湖聽了我的話，開始有點感動。我說：

「我不敢說我一點不愛紫裳，但是我從未對她表示。我覺得我的責任，先應當讓她見到舵伯。以後她有她的前途，也許她會喜歡我，也許她到了上海，看到了另一個世界，就不會再愛我了。我們都是愛她的人，為什麼不讓她自己發展呢？人類的愛情往往要毀壞所愛的對象。愛花要採摘到花瓶裡，愛鳥要關它到籠子裡，這是愚蠢的。可是更愚蠢的是愛了女人想同她在一起，因為這不但是等於把花插到瓶，鳥關在籠裡，而是等於把自己同花一同插在瓶裡，把自己同鳥一同關在籠裡一樣的措置。你還年輕，你正需要自由，把心境放寬一些，你就可以想開些了。」

我的話並沒有說完，可是旅館的茶役來了，他告訴我有人在對面茶館裡等我，要我去會他。

那麼他為什麼不來旅館裡看我呢？我心裡想，但是沒有說。我只說：

「好吧。」

可是我馬上發現我是不能夠走路了。小江湖說：

「你現在還沒有收口，一動就要流血的。他為什麼不到這裡來看你呢？是誰呀？」

「我也不知道。不會有什麼人一定要在茶館裡看我的。那麼你替我去看看好不好？也許你認識的，要是不認識，你也問問他姓什麼。」

小江湖當時就出去了。我開始想這個人究竟是誰。沒有一個人不可以直接看我的。不知怎麼，我竟想到了葛衣情了，會不會是她知道了我們在這裡突然來找我呢？

不到我吸一支煙喝一杯茶的工夫，小江湖帶進了一個身材高大，滿面鬍子的人來。

「穆鬍子！」雖然穆鬍子頭髮長亂，衣服襤褸，但是我一眼就看出是他。我說，「你出來了？你怎麼知道我們在這裡？」

「你們到哪裡，我的鼻子都聞得出來的。」

「你為什麼要到茶館裡找我？」

「你看我這個樣子。」他說著坐了下來，忽然看到了我的腿部，他說：「怎麼了？」

「長了一個瘡，」我說，「沒有什麼關係。我想幾天就好了。」

「他昨天就來了。」小江湖說。

「怎麼，你想回來麼？」

「我不想回來，我沒有面目再見老江湖了，我對不起他。」穆鬍子說，「昨天晚上我去看你們的戲了，真是好，你怎麼想出來的？我看大夏、大冬現在也很好，用不著我了。」

「你見了他們沒有？」

「我不想見他們，我不想他們知道我這個樣子。我要他們學你們。希望你們好好教導他們。將來等我有點辦法再來找他們。」

「那麼你現在打算怎麼樣呢？」

「我要跟朋友到北方去。」

「幹嗎？」

「還不是賣玩意兒。」他說，「你當然想得到我來是想向你借點盤費的。」

「你大概要多少？」

「當然越多越好。不過有六七十元，我也就可以動身了。」

「那麼你拿兩百塊錢去吧。」我叫小江湖從抽屜裡把我僅有的兩百塊錢給他，我說：「先去理理髮，洗個澡，買一套衣服。晚上去看看老江湖和大夏、大冬。」

「不，我不去看他們了，你們頂好也不必提起我。我現在就走了，我不想再碰見熟人。」

穆鬍子說著，但並不馬上就走，忽然他問我說：

「那位大家叫她活觀音的女孩子是誰呀？真不錯！」

「她叫紫裳，是的，你沒有看見過她。」我說著於是約略地把何老、紫裳介紹了一番。

「啊，原來是野鳳凰的女兒。」穆鬍子說，「你不知道她母親叫野鳳凰麼？啊，那真是一個天仙，比她女兒還要標致。」

「你認識她？」

「我不熟，但是，我們走江湖的誰不認識她？」

「你知道現在她在哪裡麼？」

「自從她嫁了海豹何棍以後，誰都不知道她去哪裡了。」穆鬍子說，「那妞兒就是海豹何棍養的麼？」

「自然。」我說，「你為什麼問這句話？」

「只是好奇就是。」穆鬍子說，「好了，好了，我走了。下次再找你的時候，希望是來還你錢，不是來問你借錢才好。」

穆鬍子打開門，頭也不回地就走了。

小江湖叫我脫了衣服睡在床上休息，說至少要好好休息三天，他把我安頓在床上後，於是，他倒了一杯茶給我說：

「你好好休息吧。」

我望著小江湖走出我的房門，開始回想剛才的情景，我覺得小江湖實在是一個很純正的人。他對我的仇恨雖然出於妒嫉，但是這妒嫉並不是對我一個人的，而是對整個紫裳所交遊往還的一些有閒有錢的人，不過他把我歸於他們一類，而把一切的妒嫉都向我報復罷了。

我對於小江湖給我敷的傷藥實在不十分相信，我很想找一個正式的醫生看看，但是我怕聲張出去。而當時我已經十分疲倦，我就想等明天再說，如果不見效驗，我再去找醫生也還不遲。我對於我腿上的創傷並不懊惱，我覺得以這點代價換取小江湖對我的諒解總是值得的。所以我的心倒反而比平常安詳許多。唯一使我不安的，是我感到我體力的退減，我覺得如果我不去讀書，我今天在床上是一定可以將小江湖制服的。

但沒有允許我多加思索，我就迷迷糊糊地入睡了。

醒來已是黃昏，天很暗，我開亮了檯燈，坐起靠在床上。

這時候，紫裳進來了。自何老死後，她一直穿著灰色布衣的孝服，髻髮上綴著一朵棉花綴成的白花，顯得烏黑的頭髮更耀人視覺。她開亮了房燈說：

「我說你怎麼沒有去戲院，在這裡睡覺。好會享福。」

「我病了。」我說。

「怎麼？發熱麼？」她說著走近我的臥床。

「你有工夫在這裡陪我一會兒麼？」

「我可以陪你在這裡吃飯。」她說著就坐在我的床沿上。

「真的，你沒有應酬？」

「我謝絕了。」她說著笑笑，「我約老江湖一同回來吃飯。」

「那好極了。」我說，「他還沒有回來？」

「他還要同人談公事。」她說，「說是上海一家戲院要聘我們去。」

「是麼？」我說，「你沒有同他講你要到舵伯那裡去麼？」

「舵伯不是也在上海麼？」紫裳忽然笑了，她說，「我們到那面正好去看他。」

「但是你祖父要你跟舵伯，是叫你不要再演戲了。」

「我想那時候再聽舵伯安排好了。」她說，「也許他不喜歡我，也許他沒有法子幫我什麼忙。」

我覺得紫裳的話也很有道理。要是一時沒有別的計畫，到舵伯那裡去閒住起來，紫裳也不會快樂的。所以我當時沒有再說什麼。她說：

「你起來吧。等老江湖回來就可以吃飯。」說著她起身要出去，但忽然她看到了我塞在單人沙發下的那塊剛才滲滿了血的毛巾。她很快就要過去拉它，可是我拉住了她。

「這是怎麼啦？」她回過頭來，亮著烏黑的眼珠問我。

我正不知道應當怎麼樣把剛才的事情告訴她，經她一問，我倒有點慌張了。我說：

「我正要問你一件事情，你同小江湖講過什麼？」

「怎麼啦？他來找過你？」

「你同他怎麼說的？」

「我看他實在太關心我了，所以我找他談談，我老老實實告訴他我不能嫁他。他問我是不是在喜歡那個送我戲裝的誰，請我吃飯的誰，我說這不關他們的事，反正我也不會嫁給他們，我告訴他祖父要我演完這裡跟你去找舵伯的事。他說是不是你在追求我，我在喜歡你。我說就是有這事也不關他的事。談得沒有結果，他很不高興地走了。」紫裳說，「所以我想同老江湖談談。」

「現在，我想小江湖或許明白了，你也不必要同老江湖談了。」我說著就開始把剛才的事情告訴了紫裳。紫裳聽我受傷竟然慌張起來，我告訴她傷創並不很重，過幾天就會沒有事的。我還叫她不要把這事告訴老江湖，老江湖來的時候，只說我在生病好了。

「你最好把那塊毛巾用報紙包起來。」我說。

「怎麼流這許多血？」

「這算不了什麼。」我說。

正當紫裳將我有血污的毛巾包好時，外面就有老江湖回來的聲音了。

老江湖很急忙地闖到房間來，他沒有說什麼話，掀開我的被鋪就看我的腿傷。他並沒有解開包紮，他只是在我創傷的周圍揿了幾下，問我痛的情形。於是他笑著說：

「還好，沒有什麼。」

我本來不想讓他知道的，現在我知道小江湖已經什麼都告訴他了。我不知道小江湖怎麼同他說的，但是老江湖看我傷勢不重，也就不說什麼。小江湖還告訴他穆鬍子來找我的情形，他也只是提一提就算了，並不覺得是一件事情。他很起勁地說他已經接洽好到上海的計畫。他要我重新編些故事與穿插，他又計畫要為團員們做服裝。他非常高興地叫來了酒菜，同紫裳與我在我的床邊喝酒，他希望在上海可以作半年的演出。

何老的遺囑，要紫裳在這次演畢後脫離賣藝生活去投靠舵老，老江湖是知道的。但是在他今天的談話之中，好像一點沒有想到紫裳，他好像認為這正是紫裳最好的前途，我於是就提醒他這一點，我認為關於紫裳，應該到上海同舵伯商量以後再定。

「老舵，啊，你還不知道同我們接洽的恒新舞臺，老闆就是老舵。」他說，「一到上海紫裳就可以同他商量了。」

「那麼是不是舵伯已經知道何老托他紫裳呢？」

「那當然不知道。老舵雖是老闆，但和我們接洽可並不是他，不過他是老闆就是。我想，他現在一定還不知道你同我是一起的。」他說。

「那麼假如他知道何老托他紫裳的意思，他一定不願紫裳再演戲的。」

「可是這是紫裳願意的。紫裳是不？」

紫裳沒有否認他的話，於是他說：

「紫裳已經紅了，她到上海會更紅起來。她應當賺錢。一個藝員紅起來不容易，紅了就應當紅足。是該歇的時候我也會勸她歇手的。」

「你不是說走紅的藝員都沒有好結果麼？」

「這因為她們都不知歇手的時候。一個人不幹這一行最好，幹這一行就不是這樣容易歇手的，也不是這樣容易改行的。現在要紫裳到上海不登臺，每天看我們演出，看我們另外找一個人來代替她，你想她看著會舒服麼？」老江湖很興奮地說，「假如代替她的人比她好，她不會高興；比她不好，她也更不高興。她已經註定是我們團體裡的『活觀音』了。」

老江湖的話自然很有道理。紫裳是一個人，人做了明星，都是這樣的心理，這就是人性。

何老的話是悲劇的結尾。任何悲劇的結尾並不能阻止第二個悲劇的開端。任何的苞蕾都有機會看到花謝，但她自己並不能因此不想開花。註定是花就不得不開，註定是生物就不得不死。何老已經從小阻止了紫裳該走的路，他不讓她學藝，要她讀書。但命運還是一步步推她到賣藝的路，而莫名其妙，她不憑任何的技藝，只憑偶爾學得的幾聲唱歌，竟一夜之間變成了明星。這是沒有法子解釋的事。只要看到她在臺上的風頭，我們就無法否認，她真是一個生來就是為在舞臺燈光之下給人叫好的女性。

二十三

第二天起，我們就開始忙於籌備到上海的演出了。劇本穿插是我一個人的工作，這工作倒並不難，因為這只要想些可以把那些技藝套在一個故事與幾個場面裡就得了。我想些公主生日，賣唱的女孩子做夢諸如此類的場合。難的倒是這許多人的服裝同紫裳的歌曲，何老死後，這成了很大的問題。我覺得這只有到上海以後再找作曲的人才補充新歌了，現在只能由我把何老已有的曲子重新寫些歌詞。

這些藝員們的技藝總是那一套，用不著排練，要他們有些變化，那也只要告訴他們自己準備。可是舞臺的地位與出場的次序，則不得不照著劇本要他們排練幾次。而頂重要的是既然有一個故事，就有了幾個需要表演故事裡的人物，這就不得不選幾個會演戲的人來擔任這樣的角色，而為他們作更多排演，這工作現在都落在我的身上。

我雖然三天以後就可以出門，但是我創傷的痊癒則在兩個星期以後。大舞臺輟演後，我們為服裝種種，又耽擱了一星期。那時正是陰曆七月底，天氣還是很熱，但晨夜陰雨之交，也時時有點涼意。

我們就在那時候到了上海。離我上次離上海足足半年多。在這些日子中，我一直沒有同舵伯、映弓或葛衣情通信，一到上海，我竟想很快地見到他們。我沒有帶紫裳同去，我覺得先把何老的玉鐲交給舵伯，跟他說明之後再帶她去也不晚。恒新舞臺已有人來照拂我們。他們在大中飯店為我們留了幾間房間。我一到旅館就一個人蹓了出來。

直到現在我還是不明白，舵伯在買那所大房子之時，究竟有什麼計畫或野心。我第一次看到他的房子就覺得大而無當，住在那裡絕不是一種享受。一個人對於未來生活也許常有一個構圖，但是能實現自己的構圖的實在太少，而往往實現了自己所想的構圖的人也馬上會發現所實現的實在不是自己以前所設想的。

七個月的別離，等我再回去的時候，舵伯的生活圖案已漸漸地構成，這是我從來都沒有想到過的一種圖案。

舵伯已經胖了許多，紅紅的臉，唇邊蓄起鬍子，穿著呢袍緞褂，一舉一動，遲緩而有節奏，完全不再是以前駛船時候的老舵了。門前都是汽車，客廳裡都是客人，這些客人都是富商、豪紳，而我也看到大學教授與文壇耆宿。而這些人對舵伯竟遠比我對他恭順，舵伯一一為我介紹，這些人當然不知道我同舵伯的關係，都沒有把我看在眼裡。我聽他們談事談人，談金錢，談事業，只是陪坐旁聽，於是我聽到裡面的牌聲，女眷的談笑與鴉片的香味。門關門闔，時而有人出來，也時而有人進去，水果、紙煙、點心、女僕上上下下，但是我竟沒有看到映弓。

點心以後，我站起來，在客廳周圍觀看，我發現牆上的字畫都是當代名家的手筆，而上款都題著「舵堂先生法家」一類的字樣。

舵伯大概知道我已經膩煩，他拍拍我的肩頭，叫我到裡面去談談，他帶我進小小的客室，傭人又重新送茶進來。舵伯對傭人說：

「你去叫小姐來。關上門。」

這一瞬間，房間裡只有我與舵伯了，許多話我一時無從說起，他說：

「野壯子，怎麼樣？你愣了。」

「舵伯，我如今才知道，你為什麼買這樣大的房子。」

「哈哈……」舵伯的笑聲還是以前的笑聲，他說，「我也不知道為什麼。」

「但是現在這許多客人，這麼多事業，剛才他們所談的好像你都有關係。」

「我是這一切事業的董事長。」舵伯說，「如今我知道人應當讀點書。」

「但是所有讀書的人不都在聽你指揮麼？」

「我並不後悔以前沒有讀書，」他說，「我覺得現在要讀點書。」

他說著拿起桌上一只花瓶，把玩著說：

「我現在已經懂得一點瓷器，我還請人在跟我講歷史，講地理。」他把花瓶重放到桌上，又說：「一切都不難，難的是創造。一切的學問都不能教人創造，創造是一種智慧，一種靈感，一種勇氣。我聽了一些歷史以後，知道人人的頭腦是有限的，而人的心靈是無窮的。頭腦可以幫助心靈，但心靈可以發動頭腦。現在，我是心靈，而他們不過是頭腦。你怎麼樣？」他說著忽然拍著我的臉龐說：「不錯，看來你結實了許多。現在要什麼？要錢麼？還是讀書，你高興到歐洲去讀書麼？他們有幾個小孩子要留學去，你要一同去玩玩麼？」

「我什麼都不要。」我說著從懷裡拿出了玉鐲，交了給他。

這是一只外面發紅，裡面有墨色凍塊的摸上去覺得陰冷的玉鐲，舵伯接到手裡，沒有等我開口，急忙地問：

「人呢？」

「何老已經死了。」我說著正想把經過從頭至尾講給他聽，但我一開口就被舵伯阻止了，他拉住我的手臂說：

「死了？啊，……啊，那麼我還能為他做些什麼？」

「托我請你照顧他的孫女。」

「她在哪裡？」

「就在上海。」

「你為什麼不帶她同來？」

「我想先同你談談……」

「那麼你晚上十二點左右陪她來。」舵老說著把玉鐲戴到自己的手腕上。這時候我聽到外面敲門聲，隨著是女人的聲音：

「舵伯，你叫我麼？」

不像映弓的聲音，但是我仍以為是映弓。

可是進來的竟不是映弓。

「野壯子！我說是誰？怎麼半年多不見你，玩得好麼？」

她是豐滿鮮豔的女性了，華貴的打扮使我一時竟認不出誰，然而她是我無法不認識的人，她是葛衣情。

我當然可以想像葛衣情仍是這裡的客人，映弓在裡面沒有出來，但不知怎麼，也許是葛衣情的態度，使我有一種奇怪的感覺，我回頭問舵伯：

「映弓呢？」

「她找到她以前的愛人，那個藝術家，跟他去了。」葛衣情說。

「這是很自然的，我們沒有法子阻止她，我想她會很幸福。」舵伯說，「她不要我幫助，除了現成的衣服外，什麼都沒有要。」

「我想通知你，但知道你跑來跑去的，也不知道地址，無法寫信。」葛衣情說，「現在我在這裡招呼這個家，你搬來住麼？」

舵伯這時忽然站起來說：

「野壯子，今天你就可以住在這裡。晚上十二點左右我等你。你現在同衣情談談。」他說著就出去了。

我並沒有愛映弓，但失去映弓，我心裡竟非常想念，我很想去看她，我說：

「衣情，那麼你知道映弓的地址麼？」

「我本來知道，後來聽說她要離開上海，一直沒有來信，不知還在上海不在。」

「那麼你告訴我她以前的地址，我去問問好了。」

葛衣情告訴我映弓的地址，我記在記事簿裡。葛衣情忽然說：

「你們這次來上海表演，一定很熱鬧了。」

「你怎麼知道的？」

「是我給你介紹的韓琴師告訴我的。」

「你還唱戲麼？」

「我不唱了，自從你說你已經不喜歡越劇，我就不唱了。我只想做一個很好的女人。」她說，「你們住什麼旅館？」

「大中。」

「好的，哪一天我來看你。」

「我要你看看我們的戲。我還沒有謝你介紹我韓琴師，這半年來我學得的東西比在學校裡可要豐富得多了。」

「你可是已經找到過去的我了？」衣情頑皮地笑著說，「想結婚麼？」

「也許我找到了。」我說，「但是有了可結婚的人，我竟怕結婚了。」

「你已經不想到鄉下種田了。」

「我沒有想到。」

「你難道還可以成為一個農夫麼？」她說，「過去的你也不會再有了。」

「衣情，何必還談這些呢？」我說，「現在我走了，晚上你們客人散了我再來。」

「好的。」她說。

我出去同舵伯告辭，舵伯叫衣情撥我一輛車子。車夫叫阿六，是一個很年輕的小夥子，衣情送我上車，我就離開了那華麗的洋房。

我當時就叫車夫駛往葛衣情給我的映弓的地址，在老西門那面，路不近。找到了門牌，是一家洗染店，我下車進去打聽。我只知映弓的名字，她的藝術家的情人叫什麼，我是不知道的。描述了半天，我告訴他們是一對夫妻同一個孩子，他們說根本沒有這樣的孩子，恐怕是我弄錯了門牌。後來幸虧裡面走出一個抱小孩的女人，那個女人說她知道一個叫映弓的女人，只是沒有孩子。我說：

「那麼我自己到樓上去問好了，我找的就是她。」

「但是他們早就搬了。」

「搬到哪裡呢？」

「不在上海了。」

「有他們地址沒有？」

「沒有，沒有。」

我知道再問也不會有什麼答案，就匆匆出來。在汽車裡，我忽然想到我剛才怎麼沒有問葛衣情關於映弓的孩子，難道映弓連孩子都沒有帶走嗎？

我帶著非常惆悵的心情回到大中飯店。

我們的房間在四樓，我上去，茶房告訴我人都出去了。只有四五號有一位小姐在。

於是我發現紫裳正等著我。她打扮得非常整齊，坐在電扇的旁邊，烏黑的頭髮，在風前飄蕩，雖是穿著灰色的孝服，但是容光煥發。她一見我就說：

「我想你總該想到我了。」

「他們都出去了？」

「到戲院去了。」紫裳說，「晚上他們請客，我等你來接我。」

「幾時上戲？」我說著坐在她對面的沙發上。

「後天。」

「那麼你是決定演下去了？」

「至少這一期。」

「那麼上演以後，你又不會有空了。」我說，「今天讓我請你，我帶你到處走走。」

「可是戲院請客。」紫裳說，「老江湖等著我們。」

「不要緊，我回頭打電話去。」我說，「我們現在就走吧。」

……我預先並沒有什麼計畫，但是正比任何計畫都順利。紫裳還是第一次到大都市，除了剛才戲院接她到旅館，她還沒有坐過汽車。我竟是這樣的幸運，做了第一個帶她遊大都市的男人。那時是下午四時，從四時到十二時之間，我帶她到了最華貴的舞廳，最高級的電影院，我們還在最大的飯店吃晚飯，這裡每一個場面在紫裳都是新鮮的。但是紫裳亦不露任何的不安和驚奇，她很自然而坦率地要我教她一切。

我曾經打電話到恒新舞臺，告訴我與紫裳不能赴宴，開始時他們好像很不高興，但等我告訴他們我們是到舵老闆家裡去吃飯，他們竟反而高興起來。金錢與權勢真使人有不可捉摸的魔力。我不知道紫裳在那天同我玩得是否快樂。在我，這是第一次享受到帶一個完全依賴我的小情人宴遊的幸福，但是這竟也是唯一的一次。

二十四

十二點半的時候，我帶了紫裳到徐家匯舵伯的公館——舵園。

衣情在樓下迎接我們，我為紫裳介紹了，衣情就非常熱情似的招待她。於是她帶我們到樓上舵伯的房裡。

舵伯望紫裳許久，他說：

「那麼你是海豹何棍的女兒。啊，很像你的母親。」

紫裳坐下了，似乎有點拘束，舵伯說：

「現在這裡就是你的家了。你一點不要客氣。」

紫裳沒有說什麼，我趁此就提到了何老不希望紫裳再過舞臺生活的意思。

「但是她已經紅了。」衣情忽然說，「這次到了上海，她一定會更紅。一上演以後，她就是大明星了。」

我於是說到何老就是怕她太紅。他希望她可以安詳地過平凡的生活。

「這是何老看多了開水燙嘴，凍牛奶也不敢喝了，一個人幸福不幸福很難講，什麼都可能是幸福，也什麼都可能是不幸福。這沒有第二個人可以參加意見的。紫裳，你自己決定。」舵伯說，「如果你不過這個生活，你想怎麼樣呢？你可以在這裡做小姐，你也可以去學點什麼，你……總之，一切你自己決定好了，我辦得到都可以幫你，你完全同我自己的孫女一樣。」

紫裳沉吟了許久，像要說什麼又沒有說。我忽然發覺紫裳因為衣情在座，所以更覺得說不出什麼。我當時就問衣情關於映弓的孩子藝中。她說映弓沒有帶走，現在由她在撫養著，我要她帶我去看看他。

我與衣情走到外面，我說：

「映弓怎麼連孩子都不帶走？」

「啊，為孩子的幸福。你不覺得他在這裡好麼？」衣情笑著說，「映弓同我是好朋友，我是這孩子的乾媽。」

衣情帶我到一間已經熄了燈的房間，她輕輕地推開門，為我開亮了一盞很黝暗的燈，招我進去。

那是一間很簡單的房間，中間立著一個屏風，孩子就睡在一張小鐵床上，地下還散著玩具。衣情指指屏風的那面說：

「保姆就睡在那面。」

我看到孩子的臉，這個胖胖臉龐非常清秀，但並不很像映弓，他閉著眼睛睡得很甜，我吻了他一下面頰，他在睡夢裡微微露了一個微笑，翻一個身又熟睡了。衣情說：

「你不要弄醒他。」

她說著就拉我出來，我心裡很安慰，從孩子所蓋的毯子同放在床邊的衣裳與散在地上的玩具，我知道衣情是很疼愛他的。

於是我就想到剛才在雜亂的街上所見到洗衣店的房子。我雖然沒有上樓，但想得到它同我以前所住煤炭店樓上房間是相彷彿的，也許還要更壞。不見得有衛生設備，很可能也還有臭蟲，夏天裡非常炎熱，孩子也許要同父母睡在一個床上……而且現在他們還在流浪。

自然，衣情的話是對的，孩子留在這裡是比較幸福。但是映弓怎麼會忍心離開孩子呢？

我把這個問題問了衣情。衣情很自然地說：

「他們是年輕的藝術青年，又窮，有個孩子是多麼不自由呢。他的父親不可能供養這個孩子，所以我勸映弓暫時留他在這裡，等他們安定了隨時可以領回去。」

「我想舵伯應該幫他們一點忙。」

「映弓不要，映弓什麼都不要。她大概想對自己證明自己的愛情。」衣情說，「而那位藝術家也非常高傲，舵伯想見見他，請他來談談，他也不肯來，他看不起舵伯，也看不起映弓在這裡的生活，但是映弓愛他，也真是緣。」

當我再回到舵伯房裡，我發現紫裳的態度已經自然許多，舵伯像是已經對紫裳表明瞭他同何老的關係。衣情並沒有同我一同回到舵伯的房裡，她張羅了一些糖果出來，紫裳居然也很自然地接受了衣情的招待。這使我有了許多安慰。

我們閒談一些演戲的情形，與我這幾個月的生活。舵伯問我對於以後生活的計畫，再去讀書呢，還是做事？他說我可以在他所有的事業裡選一樣去幹。我說我什麼都沒有想到，現在同老江湖幹這個江湖行業，且讓我們演些日子再說。

舵伯於是不再說什麼了。他說紫裳即使要演戲，可以搬到這裡來住，他叫衣情帶紫裳去看看房子，叫她選一間，可以為她佈置。

衣情帶紫裳出去後，舵伯開始同我說：

「何老真的不願她過舞臺生活麼？」

「是的。」我說。

「是不是因為你想同她結婚，才這麼說呢？」

「你想我是撒謊的人麼？」我說。

「我不是這個意思，我只覺紫裳很愛你，這是你一個很好的機會。」

「那麼你是要我進這個監獄了？」我笑著說。

「每個人都會進自己的監獄，我出了監獄現在不是也進了監獄了麼？」

「你進的是什麼監獄？」

「這許多事業，這許多人事，這許多錢，這不是監獄麼？」他大聲地笑著說，「現在我即使自己要脫離這個監獄，別人也不許我了。我已經是社會裡的人了，這監獄就是社會。」

「那麼你的人生觀變化了。」

「我以前沒有人生觀，一個人有了人生觀，這人生觀就是他的監獄，」他說，「人間不是天堂，天堂裡沒有監獄，人間本身就是一個監獄。」

「這是為你講解歷史的人的哲學麼？」

「我現在有不少有學問的朋友，但他們是用頭腦的人。我發現用頭腦的人大都胸襟淺狹，眼光短促。小有成功就自滿驕傲，偶見微利就緊隨不舍，幾句恭維話就引人作知己，稍不如意就發牢騷，這都是在自己所築的監獄生活的人。我所說的倒是我從監獄裡學來的。三年的監獄生活，我也學了些識字讀書，同牢的朋友教我不少，每星期傳教師來傳道，都給我許多參悟的機緣，但是主要的是我的默想。我用的不是頭腦，我用的是一顆心。」

「那是直覺，你憑直覺瞭解人生，於是也瞭解我應當結婚了。」

「因為這是你唯一的機會，老實說。從紫裳的相看起來，她是註定要在戲院裡紅起來的。她在上海一登臺，你再沒有這個機會了。」

「你看她的相？」

「我閱人太多，我知道這是沒有人可以阻止她走這條路的。要是真是何老的意思，那只有你馬上娶了她。好在她現在還沒有登臺，又愛著你。」

「你以為我是這樣自私嗎？我們如果相愛，也不怕等幾年，我也不想馬上成家。」

「我知道，」舵伯笑了，「你以為你還有什麼了不得的事業，是不？不會有的。你是你父親的兒子，你早就想成家立業，過安定生活。讀了書，你欲望與知識增加，但是心靈還是一樣的。現在你可以在我的地方做事，我給你一個職業，——你自己不會有更好的前途。你需要結婚，你愛紫裳，這是唯一的機會，她一登臺，就不會做你的妻子了，哪怕她多麼愛你。」

「舵伯，你真把我看作這樣……」我說，「不瞞你說，我不願意依賴你。」

「你還是有個倔強的個性。好的，但是結婚總沒有什麼，你去鄉下買田種田，或者同紫裳一同走江湖賣藝，這也可以。」舵伯帶著譏誚的口吻說。

「我……」

「我知道你已不想種田了，讀書害了你；你也不敢一直走江湖，讀書害了你。你也沒有勇氣結婚。可是紫裳是不會等你的，你一生也不會再有這樣好的女人了。」

「那麼就聽命運擺佈吧。」

「野壯子，現在你還不相信，二十年以後，你會知道你舵伯的話不會騙你。」

……是的，舵伯沒有騙我，舵伯的話沒有錯，我是一個平凡庸俗的人，但我竟不安於平凡與庸俗。一個人的頭腦可以訓練，一個人的心靈則是天生的。舵伯早已看出我心靈的容量，而我自己竟毫不自覺。等二十年以後回想舵伯的話，再想相信已經來不及了。

舵伯當時就不再說什麼。衣情同紫裳也回來，叫我們到外間去吃點心。

晚上我與紫裳都睡在舵伯家裡。衣情招待紫裳睡在自己的房間裡。我則一個人睡在很華麗的客房內，我想著舵伯的話，心裡非常不服氣，我覺得我必須不依賴舵伯，我立志要打一個自己的天下。我也反省我愛紫裳，但是我當時竟相信愛情是永久不變的說法。以為如果紫裳是愛我的，三年以後還會是我的，而我立志要永遠愛她。她有天生的表演天才，我應當讓她發展她的天才，而我在這個時間，必須闖出一條自己的路。我想到舵伯問過我到外國讀書的話，不管讀書是什麼出路，我總可以在那裡找一條路出來。我想在老江湖這次出演後，我決定到國外去研究戲劇與電影，將來我有一個戲院與一個電影公司，我就可以有一個自己的天下了。

我的夢想竟是這樣的自由，就在這自由的夢想中，我竟沾沾自喜地入睡了。

早晨。我起來的時候，一開窗，就看見舵伯、紫裳、衣情都在花園裡。衣情招呼了我，我發現傭人正在花園裡佈置早餐。我盥洗後下去，她們已經坐在旁邊。衣情馬上就問我今天是不是搬來？我說我住在大中飯店很好。要搬來也等這次戲演完以後。

「可是紫裳總可以搬到這裡來住的。」舵伯說。

我沒有作聲，紫裳也沒有作聲。衣情說：

「紫裳，我回頭給你佈置一間非常漂亮的房間。你不久就將紅遍上海的，我相信。」

我不知道衣情的話是接著什麼說的，可是我發現紫裳已經認衣情是朋友了；我發現紫裳也已經被這個華麗奢侈的環境所懾服；我還發現紫裳對於她的前途已經有了燦爛的圖景。我當時雖有這許多發現，但是我不瞭解這竟是衣情夜來所啟發她的。

二十五

早餐後，我同紫裳回到大中飯店，今天我們必須要準備許多上戲的事情了。

當我與紫裳兩個人在車上的時候，我忽然想到昨夜舵伯對我說的話與我夜來所想的問題。到底舵伯所謂紫裳在愛我是他們單獨談話時談的呢，還是只憑舵伯自己的觀察。

自從何老的喪事以後，自從小江湖給我創傷以後，我與紫裳的關係非常密切，但是我並沒有表示過什麼，是不是我下意識以為一表示就是婚姻的問題呢？還是我下意識以為這關係已經是定了呢？對當時的心理現在很難分析，我相信我的特別的矜持，有一部分是要對小江湖表示我的公正與氣度，有一部分則是對何老的一種敬愛，好像我是要負紫裳整個幸福的責任，某一種表示就是終身的誓言了。而在一切的過程中，好像紫裳總是我的一樣，我無須焦急無須爭取，所以在很自然的往還中已經感到了滿足。可是如今經過了舵伯的點破與自己的思索，與她同坐在車座中竟覺得是一個不可多得的機會了。我想很坦白地對紫裳表示我的情感，但是我竟不能說什麼。

紫裳的視線一直望著前方，而她也沒有說話，我知道她心裡一定也正在想些什麼。她烏黑的頭髮，薄施脂粉的面色，有光的眼睛，從我側面看過去像是一個浮雕，這使我感覺到我們在小庵的階前並坐的情境。那時候她以毯子裹著我的肩膊，和我一同感受那清晨的寒意，一切的言語與動作都是自然的。但是現在好像有了距離，我們間有一種奇怪的疏遠。這並不是說我們間有什麼隔膜，而是我們失去了一種貫穿我們心胸的情感。這因為那時候我們共有對何老的哀傷，我們互相瞭解而需要互相依靠。如今則各人心中已經充滿了許多別種的意念與情愫，而還有許多不同的夢幻。

我從她的臉上看到她身上健康的曲線，她的美麗棕色的手臂特別顯出她無比的青春，我正在想找一句什麼話的時候，她似乎已經發現我在注意她了。車子略一震動，她用手支一下車座，回過頭來，對我笑了一下，是一種羞澀的不自然的笑容。我避開了她漆黑的眼睛所投視的視線，我握著她的手說：

「你真的要搬到那面去住了？」

這並不是我想問的話，也不是我關心的問題，但是語言往往會越過我的意志，避免了無從表白的困難而傳達了無足輕重的意念。

「你為什麼不想搬去？」她問。

「我總覺得這是別人的世界。」

紫裳沒有說什麼，她也許沒有聽懂我的話。她的手在我的手裡，我突然發現她的手腕上一只翠釧是她昨天所沒有的。

「啊，」她似乎已經發現我的注意，舉起手，看看那只翠釧說，「這是葛小姐送我的。」

「啊，他們都很喜歡你，我很高興。」

「我也想不到他們並沒有輕視我。」紫裳說，「你怎麼沒有先告訴我那位葛小姐呢，她是……是舵伯……」

紫裳的話一時竟考住了我，到底衣情與舵伯的關係是什麼關係呢？這個問題怎麼會沒有想到？在我的意念中，好像映弓走了以後，衣情到那裡去管管家務是很平常而自然的事情。可是在不識歷史與內幕的人，他們的關係自然是第一個的問題了。可是我也並不能回答。我只是把葛衣情的歷史大概地說一說。

「她都告訴過我了。」

「那麼我想舵伯只是當她是女兒就是。」我隨便地回答著，但我馬上想到衣情是否把我同她的關係也告訴過紫裳？我說：

「想不到她這樣能幹。」

「她也真長得好看。」

「你覺得她好看麼？」

「自然，她……」忽然紫裳改變了語氣說，「人也真熱心。」

「你已經喜歡她了。」

「你不喜歡她？」紫裳看我一眼，笑著問。

「我喜歡的是你。」我說。

紫裳沒有回答，我突然說：

「你知道舵伯喜歡我們結婚後同他住在一起麼？」

「你不會……」

「不會什麼？」

「我知道你對我很好，但是你並不想結婚，是不？」

「你呢？」

「我覺得他們的話是不錯的，我只有一條路，我只有做戲子的路。衣情同我談了一夜，她勸我好好地學學唱，讀點書，演演話劇，舵伯也是什麼電影公司的董事長，將來我可以演電影。」

「她同你談這許多？」我說。不知怎麼，我心裡頓時想到舵伯的話，紫裳是不會等我的。一時間我發覺我就會失去紫裳了，一種奇怪的自私在我心裡浮起……而車子已經到了大中飯店。

旅館中有許多人，老江湖跟著同我談許多事情。下午，我們大家都到了恒新舞臺，這樣那樣的，一直到晚上八點鐘才有空。我想找紫裳，但是她已經走了。說是一個姓葛的小姐來找她，她們一同出去的。而她們竟沒有告訴我一聲。

戲院的胡經理約老江湖同我吃飯，好像他已經略略知道我與舵老的關係，所以對我特別客氣。飯後他又拉我們去舞場，可是我的心始終關念紫裳，我急於要想見她。一時間我害怕我會無法找到她了，我回想舵伯的話，我決定要在我尚可以找她的時候，向她求婚了，至於婚後怎麼樣，我無法再去想它。我沒有去舞場，匆匆趕回大中飯店。

那時大概是十點多鐘，紫裳已經熄了燈。但是我還是禁不住敲了門。

紫裳開亮了燈為我開門。說：

「我已經睡覺了。」

「真對不起，但是我有要緊事同你說。」

當我走到房內，我突然感到紫裳再不會是我的了。這個預感真是奇怪，而我也不知道為什麼會把兩件完全沒有關係的事情連在一起。

紫裳的烏黑無比美麗修長的頭髮已經剪去，她燙成了非常流行時髦的髮式。

她的頭髮是具有魔性的頭髮，她扮演觀音，扮演仙子，扮演公主，在舞臺上在燈光中象徵了一個不可企及的深奧，而現在竟完全剪去了。

「紫裳，你怎麼？」

「啊，頭髮。衣情陪我去燙的，還好麼？」紫裳笑著摸摸她新燙的頭髮。

「怎麼你剪去了頭髮，啊，多可惜。」我說。

「也麻煩，而且熱。」她說。

「以後如果要演戲，那就要用假髮了。」我感喟著說。

「臺上本來是假的。」她還是毫不重視似的說。

「可是，任何假的無法同真的相比。」

「你真奇怪，這算什麼。我要養隨時可以養。」
「剪下的頭髮呢？」
「我拿回來了。」
「可以送給我麼？」
「你要它有什麼用？」
「我想這會是我終身對你的紀念了。」我說。
紫裳從櫃子裡拿出一包白紙包著的頭髮，她打開那張紙，拿了她一條花綢的圍巾，包好了交給我，說：
「你真的會把它永遠留在你身邊麼？」
「永遠永遠。」我接了她的頭髮說，「紫裳，你知道我一直在愛你。」
紫裳沒有說什麼，她忽然靠在我身上哭了。
一瞬間，我知道我們兩個人都想到了何老。
我們坐到沙發以後，我說：
「紫裳，我們結婚吧。演完這一次，我們就結婚，結了婚，讓我們離開這裡，讓我們到北方去，我可以找一個中學去教書，離開這個生活，這個環境。」
「只要你願意，什麼都好。」紫裳揩著眼淚說，「可是這於你是不好的，我不願意妨礙你的前途。我知道你還不想結婚，而我也太不夠配你了，你是有學問的人，你應該有更好的婚姻。聽衣情說舵伯要讓你到國外去讀書，那麼我等你回來好了，只要你要我，我總是你的。」

「啊，那麼為什麼我們不一塊兒出國呢？我們演完這一次戲，我們結婚，結了婚我們一同出國，兩個人不會比一個人費多少，舵伯也一定肯幫我們忙的。我們都可說是他的子女。這也是最後一次要他幫忙，我們回國後就可以自己生活了。」

「這是太……太……真的，你以為人間可以有這樣的幸福麼？」

「只要我們相愛，我們的愛可以使我們克服一切的。」我說。

「我不會什麼，到了國外，我要學著侍候你，為你燒茶燒飯，洗衣服，這些我都會的。」

「不，不，你是有天才的，紫裳，你還年輕，讀書還來得及。我們都去研究戲劇，你學表演，我學導演與製片，將來我們要辦一個戲院，一個電影公司，你還是要做最紅的明星。」

「我不想，我做你的妻子已經夠光榮了。我的祖父也不期望我做紅星，這話是對的。」

「但是我不願意自私，我……」

「不要說了。」紫裳忽然說，「那麼你願意明天就跟舵伯去談談麼？」

「自然，自然。」我說，「我明天就去找他。」

「為什麼你不肯搬到他那裡去呢？」

「你要我搬去麼？」

「我自然想同你在一起。」

「那麼我就搬去。」

假如你愛過，你會知道愛情在某一剎那就是純淨清澈的。這是一個天堂的境界。但是人間不是天堂。天堂有永久的純淨與清澈，人間所能有的只是這一剎那而已。

二十六

我帶著紫裳的那包頭髮回到自己的房裡，心裡充滿了愉快與光明，我很快就上床就寢了。醒來已是下午一時，正在我盥洗完畢的時候。葛衣情來了。她說：

「紫裳已經搬走了。」

「她先搬也好。」我說，「我馬上就去。」

「你決定搬回家去住麼？」

「怎麼，你覺得有什麼不好麼？」

「我們都希望你到家裡去住。」衣情說，「那麼你同我一同回去好了。」

「好的。」我說，「現在幾點鐘？六點鐘我要趕到恒新舞臺，老江湖在那面等著我。」

我說著回想到昨夜與紫裳的情形，我急於要同舵伯談談。所以我很快地理了理我簡單的什物，沒有吃東西，就同衣情趕到徐家匯。

衣情帶我進那間佈置一新的房間。我說：

「這不是預備給紫裳住的麼？」

「但是，紫裳不預備住在這裡了。」

「她搬到哪裡去了呢？」

「她搬到國泰飯店。」衣情忽然說：「對了，你還不知道。」

「這是誰的意思呢了」

「是舵伯同胡經理的意思。」衣情說，「這裡舵伯有許多朋友來往，他們也已經要把紫裳造成一個紅星，自然都不方便。在國泰飯店，他們為她租了兩間套房，她可以讀書，練唱，她可以有一個人的世界。」

「這是今天上午決定的麼？」

「昨天胡經理來，同舵伯商量的。今天早晨才把紫裳接去。」

「那麼紫裳並沒有同意。」

「她為什麼要不同意呢？」衣情笑著說。

我沒有再說什麼，我想同舵伯談談，但是舵伯不在家。

當時我心裡非常焦躁，我想馬上到國泰飯店去看紫裳。我打了一個電話到國泰飯店，知道紫裳也出去了。

衣情告訴我今晚舵伯在家裡為紫裳請客，她以為我要碰見紫裳，可以在家裡吃飯。

我當時沒有再說什麼，我只感到說不出的煩躁與焦慮，我預感到我與紫裳昨天的計畫都已成泡影了。

衣情好像瞭解我心裡的苦痛似的，她叫我暫時不必心急，於是打發傭人拿點心給我吃。最後，她看我的神情比較安詳一點了，她開始對我說：

「我看你似乎很愛紫裳了。」
「是的。」我說，「我想不到……」
「那麼為什麼你要讓她演戲，而不同她結婚呢？」
「老實說，我昨天晚上才發覺我必須同她在一起了。」
「但是你不覺得這已經是太晚了麼？」
「你這是什麼意思？」
「同我當初一樣，」衣情說，「紫裳已經看到了她轟轟烈烈的前途。」
「同你當初一樣，這話是怎麼講呢？」
「我的離婚就是因為我看到了我到上海來唱戲的前途。」衣情笑著說，「自然我不能同她比，她有舵伯為她請客，她還年輕，還可以讀書，演電影，一來就住到國泰飯店，你看這是一個什麼樣的氣勢。」
「但是她是愛我的。」
「是的，我相信。但是女人不是男人，男人看女人的容貌在戀愛，女人則看鏡子裡自己的容貌在戀愛的。」衣情說，「紫裳已經在鏡子裡看到一切了，她是註定要在戲臺上發亮的。你難道沒有看到麼？」
「我早已看到了。」
「那麼還要講什麼呢？」

不知怎麼，這幾句對白，我忽然看到了衣情的內心，衣情似乎是故意在使紫裳離開我的。她當時為安慰我的苦痛，對我表示過去的親熱，可是我感到的竟是一種奇怪的反感。她是我愛過的人，而這份愛現在早已沒有。她已不是舵伯船艙裡的衣情，已不是杜氏宗祠臺上的衣情。她的樸質、她的天真、她的靈慧都已消失，她已經變成幹練與世故。我想到我們在杜氏宗祠後園的情致，想到我們在夜色河岸邊的情話，我真無法想像當時的衣情竟會就是這個漂亮幹練的女性了。

但是，我發覺她在愛我，她在要我，自從上次我們幽會以後，她似乎一直沒有對我斷念。這是我的一種奇怪的直覺，她可並沒有談到我們的過去。過去是沒有法子提到的，過去，那只是她怎麼樣在後臺對我毀棄婚約的記憶。

她有一副非常美麗的眼睛，但這一次當我們單獨在一起的時候，我忽然發現她眼睛裡已沒有溫柔的含情的目光了，是一種侵略的充滿了佔有慾的光芒。

我對她的殷勤，她的安慰與招待，只感到一種說不出的難過，我提早離開了她，我一直到了恒新舞臺。那邊許多人正在忙碌，我混在團體之中，開始忘掉了一些內心的焦躁與不安。老江湖已經叫藝員們在排練，他說，夜裡十二時正，紫裳可以來，這將是一個正式的排練，因為明天就要公演了。我們安排好佈景與服裝，指導了每個藝員的地位。這本來都是很簡單的，只是要他們熟悉這個大都市的舞臺罷了。

我一直工作到八點鐘，方才離開那裡，回到舵伯家裡去吃飯去。我打算吃了飯，帶紫裳到恒新舞臺來。

我到舵伯的家裡時，早已電燈通明，賓客滿座了。我沒有想到那一夜是這樣的場面。所有上海的豪商巨賈，落伍的軍政要人，酸腐的文人學士大概都已到齊，此外還有不斷地在攝影的記者們。我進去當然是沒有人會把我看在眼裡的。於是我看到了紫裳。第一眼我發現的就是她已經取消了孝服。她穿一件粉紅色的衣服，戴著明珠的耳環，她新燙的短的烏黑的頭髮，陪襯那項間的珠圈，閃閃發光。她的面貌也已經有了都市的美容，鮮豔得像剛開的玫瑰。一見我，她好像吃了一驚，遙遠地對我露一個笑容。她沒有走過來，也無法出來，她已在許多賓客包圍之中，不少的記者在對她攝影。

舵伯當然已經把紫裳向來賓介紹過了。她的美麗也夠使有錢的人士花錢，風雅的人士題詩題畫了。我始終沒有走過去，只是遙遠地注意到，紫裳手指上已經多了一個耀目的鑽戒，她的手指已經修飾過，鮮紅的蔻丹發著光。

衣情匆匆地過來招呼我，她說：

「你看，她不已經是紅星了麼？」

但是我看到的竟不光是紫裳，還看到了衣情，她似乎對在座的人都是很熟，每個人對她也非常重視。我頓然意識到她在這個社會裡是多麼有勢力的人物，是不是衣情叫我回來吃飯，是叫我看到紫裳與她自己的光彩呢？

我不認識一個人，也沒有一個人想對我招呼，我感到我在這個場合是多麼不適宜呢？這一瞬間，我對於我們班子的團體特別關念起來，想到我們的班子在幾個月前出發那天的那場宴會。我頓覺得這裡是虛偽醜惡，沒有一點生命的一種集合了。

衣情要同我向一些賓客介紹，但是我拒絕了。我悄悄地一個人出來，我叫傭人轉告我晚上不會回來，跳上汽車，我又重新回到恒新舞臺。現在我知道我的世界是在哪裡了。後臺，人陸續都到齊了，裡面還有些新請來幫忙的人，其中我看到姓韓的琴師，就是他當初衣情托他介紹我去看老江湖的人。

十二點半的時候，胡經理接了紫裳到戲院來，她已經換了衣裳，她還是同平常一樣同大家排練。

我們忙到三點多鐘，我才送紫裳回國泰飯店去。整整一天的時間，我想同紫裳單獨在一起，我有許多話要同她談，可是一到車上，我竟不知從什麼地方說起。夜深人靜，空洞的馬路上車子駛得很快，我只在腦子裡盤算想談的話，我發現國泰酒店已經在前面了。我說：

「紫裳，我有許多話想同你談，但是……」

「我也是。」她說，「你願意到我地方坐一會麼？」

「你不累麼？」

「反正我也睡不著。」她說。

下了車，我們搭電梯到了八樓。

那是我第一次走進如此華麗的旅館。我頓時覺得紫裳已經不屬於我們的社會了。

她的房間是一間客廳一間臥室，走進房間，她就按鈴叫茶役拿些飲料點心與水果。於是她很自然地坐下來，她似乎在等我先開口，我終於吸起一支煙，說：

「紫裳，你怎麼忽然想搬到這裡來了？」

「他們叫我搬這裡來。我也覺得這樣比較好。」

「那麼我們昨天晚上說的話都不算數了？」

紫裳露出很安詳的笑容，輕輕地說：

「這只是一個夢，是我自己做了太久的夢。現在我可清醒了。」

「這怎麼講呢？」

「你應當比我知道。」她說，「我沒有見過世面，沒有碰見過什麼人，可是你……」

她沒有再說下去。

「到底怎麼回事？難道你以為我同你講的話都是假的嗎？」

「也許是真的，但是你同樣的也對衣情說過。」

「葛衣情？」我說，「是她，她告訴你這些……」

「你不要怪她，告訴我的不是她，但這是不是都是事實？」她眼睛一閃，滴下了一滴珠淚，忽然興奮地說，「你愛過她，你們訂過婚。現在她愛著你，可是你……」

「但是事情並不是這樣簡單。訂過婚，是的，但是毀約的是她。」

「這是她家裡逼她的。」她說，「而她，雖是嫁給別人，但一直愛著你，所以她離婚了。」

「你相信這個？」

「為什麼不？」她說，「後來你們見面，你也同她好過，是不？」

「是的，但是這不是愛情！」

「不是愛情，但是她愛著你，她為你放棄了演戲，依靠舵伯，希望同你接近。」

「我無法同你解釋，紫裳，我希望你可以相信我一點，我愛的是你。」我說，「一切的經過，你可以去問舵伯，事情絕不是這樣簡單。」

「舵伯也不見得能完全瞭解。我已經詳細問過衣情，她只是對我流淚，告訴我她一直愛著你。」

「但是我不愛她了。即使你不要我，我也決不會再同她好的。」

「你要我怎麼樣呢？要我也做第二個她嗎？」

「這是怎麼呢？我雖然愛過她，但是她負我的。我愛她的時候她不要我，如今我不愛她了，她倒想……」

「那麼你的愛情就是這樣不可靠了。可是她一直在愛你，一直為你在生活。那麼你以為我應當搶她的愛人麼？」

「這怎麼講？你愛我的時候並沒有認識她。」

「可是我現在已經認識她了，她對我很好，教我許多事情。」紫裳說，「現在我的夢已經醒了，我要走我演戲的路，我要好好學習、學演話劇，我要讀書，我要演電影。如果你是愛我的，那麼你幫助我教導我，我終身會像你妹妹一樣來待你。但是請你不要講別的。如果你肯聽我的勸告，我希望你不要辜負衣情對你的愛。」

「你真聰敏，」我說，「劇詞背得一字不錯。但是，我可真正看到了她的真面目了。」

「你可不要怪她。這一切可真不是她告訴我的。」

「那麼是誰？」我說，「是誰？」

「我可以告訴你，但是你可不能怪他。你應當怪的是你自己，你不該一直瞞著我。第一次見到衣情，我還問起你，是不是舵伯對她有特別的交情，你還是騙著我。」

「誰？誰告訴你的？」

「小江湖。」

「小江湖？他……他……」

「他倒是一直愛著我，他自從同你打架以後，一直希望你會好好愛我。現在看你騙著我，自然他要告訴我了。他完全為我好，是不是？」

紫裳的話沒有錯，我知道小江湖是一個純樸的良善的人。但是小江湖從哪裡知道這許多事情呢？

我覺得我現在一切申辯都是多餘的了。我一時真不知道該說些什麼。我覺得唯一可以訴說的地方就是舵伯，我希望他可以為我解釋一切。當時我說：

「那麼是小江湖告訴你的，於是你去問葛衣情了？」

「是的。」

「她又怎麼對你說呢？」

「她沒有說什麼，她只流著淚告訴我，她愛的是你，為你她才放棄了演戲，為你她才去依靠舵伯。」

「好的，好的，那麼你就決定為她而離棄我去演戲了。」

「我可不是為她，我為的是我自己，或者說為我的祖父。」

「你的祖父？你的祖父可不希望你做紅戲子的。」

「是的，這因為他怕我沒有好的結局。可是如果我真的紅了起來，他也是會覺得驕傲的。」紫裳忽然說，「如果我的祖父在這裡，他會覺得我這樣嫁給你是算一個好的結局麼？」

「自然，如果你真的愛我而且相信我的話。」

「可是，愛你是一件事情，相信你則是另外一件事情。」

我突然想到何老對紫裳的關心，究竟是使紫裳對於任何的人生都不敢嘗試了。何老給她的教育使她的心理有一種奇怪的反作用，她是註定要在戲院的燈光前紅起來了。我不想再對她說什麼，我急於想同舵伯去談談。

紫裳說完了，招呼我吃些什麼，但是我什麼都吃不下，我匆匆告辭出來。天色已經有些灰白，我知道這時候去舵伯那裡是太晚也是太早，我回到了大中飯店。

二十七

實際上，我們的演出，只是一群馬戲班的玩意加上了一個故事的組織，但竟是一種雅俗共賞的東西。以後我讀到芭蕾舞劇的歷史，說是芭蕾舞乃是一種將馬戲班的技藝混合了宮廷的莊嚴的藝術，我就回想到我們當時的演出也正是一群雜耍的表現加上了神話的超脫。而這神話裡的仙女就是紫裳。

第一夜的演出就此決定了紫裳的命運，就此決定了我的命運，也就此決定許許多多與紫裳有關係的人的命運。

然而，我們不能忽略了舵伯昨夜請客的影響。

在人的社會裡，許許多多事情在決定一件事情，而一件事情又在決定許許多多事情。許許多多人的行為在決定一個人的行為，而一個人的行為也在決定許許多多人的行為。

這一個玩意，從那一天起，就轟動了整個的上海。可是從那一天以後，紫裳就不再是班子裡的一員。她就此遙遙地到了另外一個世界。而這個世界離我更加遠了。

在戲院中，我看到舵伯、衣情同一些衣飾燦爛的朋友們坐在樓上，我沒有同他們招呼。可是我遙遠地看到了舵伯煥發的驕傲的笑容，他似乎意識到，他已經創造了紫裳。許多命運只有在許久以後方才能夠有一點瞭解。在我這個故事結束以後，重新回想舵伯的驕傲的笑容，我竟分不出究竟是他創造紫裳，還是紫裳創造了他。何老把紫裳托給舵伯，原是叫她依賴舵伯的，請舵伯照顧紫裳的。但是紫裳紅了以後，舵伯在紫裳身上收入的錢是多少，這筆賬是從沒有人想到提到的。

舵伯的一生也許沒有覺得，紫裳的一生也許也沒有覺得，金錢正是一種妖魔，任何東西到金錢堆裡就會變成金錢。何老交給舵伯的，誰也想不到也是一個小小的金礦。

我決不相信，舵伯早已有這樣的眼光。我也不能相信舵伯對我請求的拒絕是為他的自私，一切都只有怪命運，命運所擺佈往往就是這樣的一無漏洞，使我們無法走第二條路。

當夜戲散後，我就趕到了舵伯的地方。我同他兩個人在他的房間裡，我很坦白地告訴他前兩夜的事情。

舵伯半晌不說什麼，最後他站了起來，他說：

「我在你第一天來的時候就勸過你，你當時好像並沒有勇氣結婚，那時候我可以叫紫裳馬上不登臺。現在還能說什麼呢？」

「我倒並不一定馬上結婚，她可以演完這一期戲的。而且這合同是在我們到上海以前就訂的。」

「如果那一天你這樣同我說，合同有什麼問題？紫裳一登臺以後，她是沒有法子下來的。而且她的心已經變了。」舵伯說。

「但是，這因為她對我有一種誤會，我所以要求你為我解釋。」

「解釋有什麼用？老實說，即使沒有這個誤會，她的心也是要變的。從今天起，她的生活將每天在變，她的社會將每天在變，她的心自然也每天在變。不要以為誤會是什麼重要的因素。她的生命只是兩條路，一條是一到上海不登臺而嫁給你，一條是登臺而不嫁給你。如今已經登臺了，無法再叫她停止而做你老婆了。」

「但是我只求對我這件事有一個解釋。」

「這解釋有什麼用呢？你自己都無法說明，我用什麼去說明呢？」舵伯說，「如果你一定要我幫忙，我倒可以強迫她停止演戲，強迫她馬上嫁你，但是這是你所願意的嗎？老實說，如果這樣做了，她的心也永遠企念著燈光下的采聲，而不會是向著你的。這也就是她母親的悲劇，她母親為愛情而犧牲了觀眾，可是跟了她父親以後，她的心則永遠懷念著觀眾的。」

「就算如你所說，我同她再無結合的希望，那麼我也希望你可以把我的一切經過對她解釋一番。」

「這是什麼意思呢？」舵伯忽然又響起他過去爽朗的笑聲了。他說，「不瞞你說，你如果有耐心與勇氣，你們也不是沒有結合的希望的。十年二十年以後，等她紅過紫過的時候，你如果等著她，你不解釋她也會明瞭的。但是我怕你並沒有這樣的勇氣與耐心！」

舵伯說著，看我沉吟不語，他拍拍我的肩膀說：

「紫裳的路已經是定了。你自己的路呢？男子漢大丈夫，什麼路都可以走。不要死鑽這個牛角尖。我同你說如果你對紫裳不能想開的話，你是無法在上海耽下去的。我勸你還是拿點錢到外國去跑跑吧。上海將是紫裳的天下，你在這裡會永遠被她的紅光所威脅的。」

舵伯這句話可提醒了我自己的世界。我清楚地看到我已無法再同老江湖的班子在一起了。

我沉默許久，最後我終於在舵伯面前屈服了。我雖是不十分甘心，但是我只想一個人離開這個世界去過一陣孤獨的生活。我當時再也說不出什麼。

當夜我睡在衣情為我佈置的那間房間。那間房間非常舒服與講究，但是我在柔軟的彈簧床上竟不能入睡。

一個人可以有如許的煩惱，這是我以前所想不到的。我在舵伯硬板的船艙上睡覺的時候，我夜夜都睡得很好。記得有一次黃昏，我們的船在餘姚江駛行。臨江有一所樓房，忽然亮起了燈火，我望見裡面的人影，想到住在那裡面的人該是多麼高貴與快樂。我當時並沒有想到我有一天可以住在那裡面的夢想，只覺得這不是一個我這樣的人可以進去的天堂。如今我竟住在比那所樓房要講究萬倍的地方，而我還沒有躺在硬板上羨慕那所普通樓房為快樂。這是只有我自己知道的事情。

我忽然覺得舵伯已經不是以前的舵伯，他雖還是當我是他孩子一樣，可是這情形已經是不同了。我們之間無法再有當初的親密。當初在一個船上，我們的鋪位伸手可及，隨時都可以談話，如今各人有各人的房間，而房間又隔著很遠。當初我們天天在一起，時時在一起，我們一舉一動都可以看到，要說什麼隨時都可以說，如今則要經過這許多的曲折才能看到他。就以今天的談話來說，我就足足等了一天。那麼我還有什麼理由要同他在一起呢？我覺得我如今又同父親死去時一樣地孤獨了。紫裳，誠如舵伯所說，她是不屬於我的，命運指使她走的路，連她的祖父都不能改變，那麼我為什麼要改變它呢？

這樣一想，我的心開始寬舒一點，我覺得舵伯的話是不錯的，我應當到國外去走走，上海是屬於紫裳的，這次一紅，至少是幾年，如果我一直要愛她想她，這是多麼痛苦呢？

想著想著，我開始有點倦意，可是這時候忽然有人敲門了。

我問是誰。

是葛衣情。她叫我吃點點心再睡。

我開門。衣情披著一件粉紅色的晨衣，捧著一盤茶具與麵包水果等進來了，我聞到她身上香味。這是我從未聞到的一種香水的氣息。

她叫我回到床上，她倒了茶，遞給我。

她坐在我的床沿，斜著身子，露出非常溫柔的笑容說：

「我已經聽到過紫裳父親與母親的故事。」

「怎麼？」

「我覺得她父親比你聰敏。」

「怎麼？」

「他把她母親帶到鄉下，而你則把她帶到上海。」

突然，我看到她晨衣前襟裡的白綢睡衣了，這白綢是這樣稀薄，她還少扣了一個扣子，在燈光下，我隱約地看到了她的胸脯。

我沒有再說什麼，我吃了一塊麵包，喝了茶。

衣情把茶具等拿回桌上的時候，她望著窗外說：

「今天的月亮很好。」

我伸手關上了檯燈，望望窗外，而衣情已經在我的身邊。

凡一切屬於人的事情都請你慢慢地指摘吧。凡是愛的神的路被阻塞的時候，慾的獸的路都是人性的路徑。而我就是這樣地放棄了自己。

沒有比自從那一晚以後我更看輕自己，沒有比從那一晚以後我更恨衣情。我醒來的時候，衣情已不在我身邊。時間已不早，我匆匆起床就一個人回到大中飯店。

老江湖剛剛吃了飯，坐在那裡喝茶吸煙，見了我非常高興。我忽然在他對我的感情中，看到了以前舵伯對我的情感，在他對我的笑容中看到了以前舵伯對我的笑容，我感到非常親熱與溫暖。自從到了上海以後，我的心裡總是裝著舵伯、紫裳、衣情、映弓一些愛戀、懷念、迷失的情感。同老江湖接觸都是為演戲上的事情，並沒有感覺到我們在幾個月相處中所生長一種共同的關切。可是，那一天就在我對於紫裳失敗，對於舵伯失望，對於衣情感到失足的時候，我看到了我現在真正的朋友是老江湖了。

老江湖對於昨天演出的成功很高興，可是他發現他的紫裳與我似乎已經不是他的人員了。他並沒有表示，也許也並沒有想告訴我，但在他看我回去的高興情緒中，我知道他是有這樣的感覺的。

他要我叫點東西吃，我說我吃不下什麼，他問我昨夜是不是睡在舵伯地方，以後是否天天要住到那邊去。我說住一夜已經夠了，我已經發現這裡才是我真正的家。於是他告訴我他才同紫裳通了電話。他說這一次表演以後，紫裳總不會再在他團體裡了，他也不想再帶領這麼大的團體，他只想同以前一樣，同幾個談得來的朋友到小城小鎮去流浪賣藝。問我是不是還可以同他在一起。我於是告訴他舵伯叫我到國外去，我也想到國外也許還可以讀點書。

「真的？那當然比什麼都好。但是這一期希望我們可以在一起，你走，還沒有那麼快吧。」

「哪有這麼快。」我說。

我們談了好一會，四點鐘的時候我們一同到了戲院。院中都是我們的團員，他們笑鬧著，都顯得很快活。大夏、大冬跟韓琴師學唱，如今也由老江湖拉他來參加我們的團體了。一時間我竟覺得這些人同我非常接近。我像是一個在外面得意忘形的青年，一旦失敗後，嘗盡世態炎涼的滋味回到了故鄉，發覺故鄉的父老親友對我還是毫無改變一樣的感覺，我同韓琴師談了好一回，特別關於我和何老所寫的歌曲，與以後的想增添的事情。韓琴師並沒有何老的藝術的天分與修養，但是他告訴我他有許多收藏的民歌古譜可以給我參考。我請他明天帶到大中飯店給我看看，我想我可以填些新詞作為歌唱之用。

於是我在後面化粧室裡看到好些人在賭錢，小江湖在做莊。看到小江湖，我就想到他對紫裳說的話。究竟他是對我的破壞還是為紫裳的幸福，一瞬間我很想同他談談。

自從上次事情以後，小江湖一直對我很好，我相信他不會破壞我的，問題是他究竟從哪裡聽到我與衣情的事情呢？

所以我在他們賭博結束以後，我就找他談了一會。我從紫裳昨天上演的成績談到她以後的命運。最後我告訴小江湖，我當初的確對紫裳沒有別的念頭，可是自從他責問我以後，不知怎的我心裡竟想佔有紫裳了，不過如今已經什麼都完了。於是我直截了當地談到了他告訴紫裳的事，問他對於這些到底是從哪裡聽來的。

「誰都知道。這裡還有誰不知道呢，除了紫裳。」他忽然嚴肅地說，「我覺得你這樣騙著她是不應該的。」

「我並不想騙她，但是你知道我同葛衣情的事情早就完了。」我說著忽然想到昨夜的事情，我心裡有一種說不出的痛苦，我說，「我並不是說你不該告訴她這個，我只是想知道你究竟是從哪裡知道的。」

「這裡誰都知道，韓琴師是葛衣情的琴師，你們事情他比誰都詳細。」小江湖說。

小江湖的話使我很奇怪。韓琴師雖然是葛衣情的師友，葛衣情也不一定需要把我同她的事情都告訴他。當時我沒有再說什麼。我只是說我問他不過因為好奇，並沒有別的用意。關於紫裳，她正要紅起來，我也有長長的途徑要走，一個人喜歡一個人總是想入非非，實際上我們這樣的人也談不到婚姻。

那天下午我們沒有排練新戲，所以大家較空，有些人出去逛街，我也就同小江湖、大夏、大冬、韓琴師，坐著車子在外面兜了一回。

夜裡，上戲的時候，紫裳同好些男女來了。一天不見，紫裳已經不是以前的紫裳。在化粧室中，許多人圍在那裡談笑，這使我想到當初葛衣情在化粧室中的情境了。我在那裡已沒有地位，正如我當初在葛衣情的化粧室之沒有地位一樣。但是我已經受過教育，已沒有當初打姓劉的這個傻勁。我進去原想找紫裳談談的，一看情形，我就溜了出來，可是一出房門，就碰見了葛衣情，她很熱烈地同我招呼，馬上為我介紹她身邊的一個非常清秀而瘦長的方先生，是什麼銀行的經理。他對我好像很輕視，但一看衣情對我的熱烈的情形，他馬上改變了態度，伸出手來，很謙恭地同我握手。衣情介紹後，就拉我一同到化粧室。於是衣情為我與這位方先生介紹了室內的一些人。我發現衣情是特別帶那位姓方的來介紹紫裳的。

我沒有坐吸一支香煙工夫，就藉口出來。在衣情面前，我對紫裳有一種奇怪的自慚，在紫裳面前，我對衣情有一種意外的厭憎。我急於想逃避那個世界，一到外面，與老江湖在一起，協同他做些雜務的時候，我的心才稍稍舒坦下來。

戲開幕後，滿院的熱鬧頓時使我感到非常寂寞。從後臺望到前臺，那堆積如山的紅男綠女的頭顱，使我頭暈。我望著那些臉龐，那些眼睛，那些咧開的嘴，有的吸煙，有的咬著瓜子，有的吃著水果。一剎時竟像都變成骷髏，一層一層疊在那裡的骷髏。

我沒有等紫裳上場，沒有等舵伯出現，就同老江湖說了一聲，一個人回到大中飯店。

我左思右想地想了許久，我感覺到這一世界真不是我的世界了。早晨同老江湖在一起，我還有意思想等大家演完這一期戲，如今知道這也是不可能的，紫裳給我的影響實在太大。我們整個的團體現在已變成只是紫裳的班底，而她又離團體這麼遠！

我想我現在離開大中，住到舵伯那裡去，辦好出國手續，就馬上離開上海。但是我一想到葛衣情，我又覺得那裡總不是我住的地方。但不管怎麼，我的出國計畫算已經決定了，我沒有第二條更好的路。

我一直躺在床上，兩點鐘的時候，老江湖從戲院回來，我打了一個電話給舵伯，告訴他我決定照他的意思到歐洲去，我希望我還可以讀書，舵伯很贊許我的決定。他約我明天晚上去談談。

我當時也把我的計畫告訴了老江湖，我又同他談到我想住到別處去。可是老江湖覺得他以後將不會再碰見我，希望我同他在一起演完這一期。明天要排新戲，無論如何要我去指導。

所謂新戲，實際上也只是換換服裝、位置，故事雖有出入，結構總差不多，大部分雜耍的都是老調，現在上演的還是活觀音的那一齣舊戲，不過重新換了服裝地位與佈置。他們對此已經演得很熟，所以毫無什麼困難。現在要排新戲，別的都沒有問題，問題是需要選兩個比較可以演戲的少年，因為在故事中是要配合紫裳有點表演的。我當初想定的是大夏與大冬。那麼今晚的排練主要是紫裳與大夏、大冬的事情了。

老江湖的意思我無法推託，我答應了他。其實只要我在上海，我的生活圈子一時是無法離開這個團體與舵伯的家的。我答應同他在一起，但我仍可以在大中與舵伯地方兩面住住，好在我無需夜夜在戲院裡看他們的演出。

生活這東西總是有一種奇怪的向心力。陷在某一範圍中很難脫離，要脫離必須根本離開。當初我在學校裡幹學生會一類的事情，我很自然把自己的心靈寄託在那裡，一旦脫離，我就感到非常空虛寂寞。要不是我脫離學校，我一定還是在那個圈子裡計較是非。但是脫離學校，如果我不能建立別種生活，我一定會念念不忘於當初的得失。能夠超脫是很不容易的，自從我進了老江湖的團體以後，我可以完全忘卻當初學生生活的種種。如今又到了我該脫離這個生活範圍的時候，但是這必須等我離開上海才行。

第二天，我約好韓琴師來看我，他將帶許多收藏的樂譜給我看，這使我想到，我要為紫裳寫幾首新的歌曲才對。

但是人生的關鍵往往在這些小地方的一念之別。如果我當時決定脫離了這個生活範圍，第二天我不會同韓琴師商量這許久的。就因為要選新歌寫新詞的關係，我同韓琴師談得很晚，我們一同在外面吃了中飯。

我忽然發現韓琴師是一個很可愛的人，他叫韓濤壽，有四十幾歲，人很瘦。他承認他有鴉片的嗜好，但是不嚴重，有人勸他戒去，他說等吃不起的時候再戒也不晚。他沒有家庭，一個人，跟著越劇班跑過，跟著淮揚班跑過，跟著京戲班跑過。他說他不要錢也不要家，他不愁生活，覺得什麼地方也可以寄生。他說凡是他參加過的班子與團體，人人都當他是朋友，真要沒有飯吃，誰都會幫他的忙。所以他活得非常愉快，無憂無慮；他對人無爭，對己無奢望。他說他沒有其他嗜好，除了吸點煙，就是弄弄音樂，同朋友談談天，如此而已。

我們的談話非常投機，吃了飯，我們一同到了戲院，紫裳不久也來了，我們有兩個鐘頭的排戲時間。

自然，我很想同紫裳可以單獨談談。可是在排戲快完了的時候，衣情來了，她說她同紫裳是約好的。我知道她們有飯局，可能是昨夜那位姓方的。當時我感到非常悵惘，一個人正不知道該到什麼地方去。就在這時候，韓琴師來約我一同去吃飯，我就跟他出來。

飯後，他說他要去燕子窩，他約我一同到那面去坐一會。

二十八

這是我第一次的經驗，我有很奇怪的一種感覺。

我們從一家中藥鋪的後門進去。那家中藥鋪很大，但那時已經打烊。韓濤壽用一個銅元在後門的陰角處按了一下，就有一個很秀麗的垂著兩條辮子的少女來開門了。通過漆黑甬道，就是樓梯，樓梯上是一盞很暗的燈。我跟著韓濤壽上了三樓，推開一家漆著黑底紅字的玻璃門，裡面滿室通明，兩排都是臥榻，許多人橫陳著在吸鴉片，不斷地有侍女在送手巾，有小童在兜賣水果、糖食、紙煙。但韓濤壽帶我到了一條甬道，甬道上是一間一間的房門，一個侍女為我們打開一間，開亮了燈，韓濤壽就帶我進去。他說：

「平常我總在外面，怕你不慣，所以到裡面來。」

這是一間佈置得非常精緻的房間，牆上還掛著名人的字畫，家具都是紅木的。一只花瓶裡還插著金黃雛菊。

韓濤壽脫了長衣，就躺倒榻上，我也就脫了上裝，躺在他的對面。

一個侍女拿上手巾與茶，一個侍女拿來一個小小牛角盒子的煙土，點上了煙燈，韓濤壽就用扡子撥弄起來。他一面吩咐侍女拿水果與糖食。

就在這個環境中，我第一次發覺生命是一種奢侈。

我沒有學吸鴉片，但是我意識到這屬於鴉片的煙霧燈火與氣味像是一層柔軟的絨幕，非常容易地把人與世界隔離了。

韓濤壽開始為我講解鴉片的道具，槍的裝飾，斗的講究，與一扦一瓶的藝術。接著他與我談到身世，最後我同他談到葛衣情。

就是在那一次談話中，我發現了一件不容易使人相信的事情。

原來舵伯參加恒新舞臺是葛衣情的慫恿，恒新舞臺接洽我們團體也是葛衣情的計畫。她不但知道我與紫裳感情的生長，還知道我被小江湖所刺傷的事情。這使我想到那天在舵伯那裡，衣情發現我腿上的創疤，並沒有好奇地詢問的原因了。

在燕子窩裡，我們耽了兩個鐘頭，才回到戲院。戲已經快開幕了，我看廂座裡正坐著葛衣情同一些男女，我沒有同她招呼。我等電燈暗下來，戲開幕的時候就溜了出來，我一個人回到大中飯店，我想先睡一覺，在午夜以後去看舵伯。昨天睡得太晚，今天起得太早，下午又忙好一陣，我已經有點疲倦。可是就在我上床不久迷迷忽忽的時候，就有人敲我房門了。

「請進。」我隨口說著，並沒有想到是誰。

進來的是一個無比鮮豔的女性。沒有看清楚是誰，我已經聞到是葛衣情的香味。

我開亮了床邊的燈。

「你怎麼……」

「我在戲院裡看見你神色很不好，想找你談談，他們說你已經回到這裡來了，怎麼？不會是病了？」衣情走到我的床邊。

「我想沒有病吧。」

衣情望望我面孔，用她的手理我睡亂了的頭髮，她的右耳的翠環在我的臉上爬動著。我把她推開說：

「讓我坐起來吧。」

衣情站起來，吸起一支我放在桌上的煙，她忽然說：

「那麼你決定到歐洲去了？」

「是的。」

「為什麼呢？」

「這裡已沒有我的世界。」

「這裡沒有你的世界，這話怎麼講呢？」她說，「舵伯當你是他的兒子，他的一切都為你所共有，而我是你的。你還要什麼世界？」

回答不出什麼，只是苦笑。

「你只要搬到我們那裡去，認識你的地位與環境，這現成世界不都是你的麼？」

衣情這句話忽然提醒了我一件從未想到的事。我並不是一個十分聰敏的人，但在有一種場合上，我往往有一種特別的靈感使我想到很彎曲的事情，同這感覺同時，我魯莽地說：

「這是你自己，你是有了現成的世界了。」

衣情坐在我對床的一個軟椅上，她說：

「我知道你想創造你自己的世界。但是這是不可能的，誰也沒有能力創造世界。」

「可是你倒是有這個能力的。」我說。

她沒有作聲。我說：

「衣情，我們是老朋友了，我也愛過你。我希望我們什麼話都可以坦白地說。」

「我有什麼話沒有告訴你？」

「你為什麼要我們到上海來？」

「我？」衣情笑了，我忽然想到當我第一次認識她，從江水裡撈她的一件紅衣裳交她時她臉上的笑容，這一張臉上，前後的笑容為什麼竟是這樣的不同呢？

「是不是你策動恒新舞臺來請我們的？」

「這難道不是於兩方面都有利的事情麼？」

「你不斷地在探聽我與紫裳的關係，你不願意我與紫裳結合。你要使紫裳成為名角，你甚至放空氣公開我們的關係，使紫裳相信是我負你……」

「不要說了，不要說了。」衣情忽然阻止了我，她的眼角浮起了淚珠，她說，「這只因為我愛你，我要挽回我所失的。」

「你所失的，你失去過什麼？」

「我在你與舵伯離開我們越劇班以後，常常覺得我應當同你們在一起的。」她說，「當我看到你與映弓、舵伯在一起的時候，我就覺得她的世界應當是我的。」

「那麼映弓也是你……你把她……」

「那可不是我。這只能說是命運。你知道她的畫家情人麼？他叫謝壯傑，他是一個追求我的人，他要我嫁給他，跟他到魯藝學院去，他說我在這裡只是資產階級的玩物，到那裡才可以致力於革命藝術。可是我不愛他，也不願意吃苦。因此當我發現他正是映弓的情夫時，我覺得讓映弓找到他才對。他們的重會是我的關係，但他們的相愛則是自然的。映弓愛他，映弓相信他所信仰的世界，映弓願意吃苦。那麼，很自然地，我們就交換了一個世界。這難道有什麼不對麼？如果你喜歡映弓，你為什麼要離開她而不同她結合呢？」

「我並沒有愛她，也不想同她結合。但是她是我創造的，我不願意她不同我見面就離開了我。」

「這真是笑話，你創造她什麼？她是一個人，一個活人，她有她自己的意志與選擇。」

「我想這就是你幫助我跟老江湖去流浪的原因了。」我說，「那麼我走的時候，你已經發現謝壯傑是映弓的情人了。」

「是的，但是我並沒有想到他們會有這樣的發展。他們的見面是很偶然的，那天我陪映弓去買東西，在路上碰見了謝壯傑。映弓還了俗，穿了旗袍，蓄上頭髮，施了脂粉，謝壯傑已經不認識她，可是映弓是認識他的。她回來告訴我，她想找他報仇，要我幫忙。可是第二次見面，他們竟破鏡重圓起來，你說這不是命運麼？一切是命運所佈置的，人有什麼辦法不服從？」

「是的，也許是命運。」我感慨地說。但是我心裡可想到了我不願想到的事實。

葛衣情打扮得非常鮮豔，她像是一朵完全開足了的花朵，在風中搖曳；她從座位中走到我的床邊，那種很不庸俗的香水氣息襲來，對我有一種說不出的誘惑。可是當我的視線看到她的眼睛的時候，我忽然發現她的眼光裡蘊蓄著一種輕薄而又自矜的得意，這是一種暴發戶常有的眼光，而我竟覺得說不出的厭憎。

一瞬間我頓時悟到了葛衣情的心計。我看到葛衣情是有計劃地將映弓轉移，也是有計劃地把我介紹到別處去，可以實施篡奪了映弓在舵伯家裡的地位；而她也是有計劃地叫恒新舞臺同老江湖訂約，把我調回，拆散了我與紫裳的結合。我心裡剎時感到一種害怕與一種憤恨。我一直盯著她的眼睛，她避開我的目光，坐到我的床沿上，拉著我的手說：

「我知道你在對我生氣。」

「你知道？」

「我帶方經理去看紫裳，你很有點醋意。」

「我倒並不是為這個，」我說，「我想叫紫裳離開大中搬到國泰飯店的是你的主意。」

「這只是紫裳的命運吧了。」

「她的命運？」

「她的命運是你與舵伯第一次談話所決定的。」她巧妙地說。

「那麼舵伯於她上演後，忽然改變了第一次同我談話的態度也是你給他的影響了。」

「是我，什麼都是我，隨你怎麼說好了。」她撒嬌似的說，「事實上，當第一次你與舵伯談話以後，舵伯已經安排了紫裳的前途。你知道他的個性，什麼事情決定了是不肯輕易反復的。」

「衣情，你的一切我已經瞭解了。只有一點，我還不知道，究竟你……」我說到這裡忽然說不下去了。

「什麼？」

「我是說你與舵伯現在是什麼關係？」

衣情聽見忽然輕浮地大笑起來，她說：

「你竟想到這上面去了。」

「怎麼？」我說，「老實說，你現在並不是我所相信的人。」

「但是我在愛你，舵伯是知道的。他不是這樣懦弱的人，他現在要女人還不容易，為什麼要我？我現在是他的女兒，你放心。」

「我用不著放心，這也並不是我所關心的事。我知道你與舵伯都待我很好，但你們的世界不是我的世界。我只想一個人早點離開你們的世界。」

「為什麼不是你的世界？你應當幫助舵伯，創造你的事業。」

「你在幫助不已經夠了麼？」

「但是我一切都在為你著想，我總覺得以前對不起你，現在我要好好幫你愛你。」
「衣情，我很感謝你，但是，我不會屬於你們的世界的，我現在只想一個人跑到遠遠的世界去。今天晚上我去看舵伯，就是想談我要去歐洲的事情。」
「這樣也好。但是我知道你會回來的。」她低著頭很肯定似的說。
衣情肯定的語氣，很使我吃驚。她好像已經想到操縱我回來了，但是她為什麼要操縱我呢？是愛我嗎？
「你還相信我在愛你麼？」
「我只相信我在愛你，我會永遠等著你的。」她還是低著頭低聲地說。
「衣情，你知道我們的事情都已經過去。你現在想找一個比我好的丈夫還不容易麼？我只想做你一個朋友。」
「那麼我就是你的朋友。」她忽然看我一眼笑了。
她的笑容是嫵媚的，襲人的香氣與明豔的容貌在對我誘惑，但是我有一種犯罪的感覺，我掀開被鋪，跳下床說：
「我起來了，我要看舵伯去。」
我起床後，看錶已近十一時，我說：
「現在你家裡總沒有客人了吧？」
「怎麼說是我家？」衣情說。

「難道是我家麼？」我說。

「你應該把它當作你家才對。」衣情說，「舵伯希望你會當他是你的父親。」

「但是父親的家也不見得就是兒子的家。」我說著就進了浴室，我換了衣裳，洗了臉出來，衣情正對著鏡子在搽口紅。

我們一起出來，我到櫃上想叫一輛車子。衣情說她有車子在外面。

十一點的上海街道還不太冷落。街燈不太亮，照著衣情的身軀顯得特別動人，她挽著我的手臂越過馬路。

對馬路停著幾輛汽車，她走到一輛紅色的跑車前開門。

「你自己駕車麼？」

「舵伯有三輛車子，但只有一個司機。」她說著上了車子。

我繞到左面上車，坐在她的旁邊。

車子駛動時，我仍覺得我是到衣情的家裡去訪舵伯，衣情屬於舵伯，而我則是一個客卿罷了。

到了舵伯那裡，僕人開了鐵門，衣情駕著車子從花園進去。

到了裡面，她帶我進去。馬上向迎上來的女傭說：

「老爺還有客人嗎？」

「是的，林先生還沒有走。」女傭說。

「我們去看看藝中吧？」衣情一面上樓，一面說。

衣情把外衣交給女傭，帶我走進藝中的房間。房中亮著小小的燈光。藝中睡在小床上，他已經入睡了。

而我，我從藝中小小的臉上一瞬間竟看到了映弓的影子，我心上浮起了這個已經失蹤的女人。

而藝中現在竟是衣情的孩子。

而衣情現在竟是這所房子的女主人。

我覺得一種說不出的迷茫。

舵伯的客人走後，我與衣情進去看他。他對我的決定很贊同，我很想同他談談關於衣情的事情，但是衣情一直在旁邊，我覺得很難啟齒，衣情在舵伯面前的確以女兒的姿態在侍奉舵伯。無論我同舵伯有什麼深切的關係，現在是無法同衣情相比的。我並不想在舵伯面前說衣情的壞話，只是想把我與衣情的關係對他說說明白就是了。不過看現在的樣子，說明與不說明原也沒關係，我也就不想說了。在談話的過程中，衣情始終沒有一句阻止我出國的話，但是我竟始終懷疑她是存心要操縱我的。

每次見舵伯，每次使我感到我與他距離越來越遠，想恢復以前的親切當然是不可能的。在他的面前，我總感到一種奇怪的不安。我不知道他心裡有什麼樣的感覺，我所感到的是他對我始終是好的，他鼓勵我出國，也沒有限制我用錢。

二十九

許多心裡的變化真是連自己都無從捉摸，自從那次回大中飯店路上感到羞於用舵伯的錢起，這個感覺就不斷地強起來，我雖然沒有取消那個出國的計畫，可是我總是下意識地懶於促其早日實現。

戲院的生意奇怪的旺盛，夜夜客滿，戲票都賣到三四星期以後。我們與戲院的合約，是超過某一個限額要彼此拆賬的，所以老江湖同我們大家都有很好的收入。年輕的團員，在大都市裡，袋裡有了些錢，很容易就學會糜爛的生活。只有大夏、大冬兩個人，老江湖與我可以對他們有些約束，別人都是大人，在工作以外，誰也沒有權去約束誰。所以在短短幾個月中，除了老江湖、韓濤壽以外，人人都變了。變得最厲害的當然是紫裳，她一面在讀書與學唱，一面還與話劇界、電影界的人很有來往，而且報上天天有她的照相與消息出現，說她已經決定於演完老江湖這期戲後，進某公司主演一部叫做「私奔之夜」的戲，又說她已經答應業餘劇社參加話劇演出，她將擔任《茶花女》的主角。而某電影公司的董事長也就是舵伯，業餘劇團也正是那個電影公司所支持的。她對於自己的生活非常滿意，除了排戲的機會以外，我也曾到國泰飯店去看過她幾次，可是房間裡總是有很多人。我無法同她談什麼，她也沒有什麼可以同我談。

現在同老江湖在一起的只是韓濤壽與我了。韓琴師是一個吸鴉片煙淡泊自守沒有大志的人，老江湖則覺得很空虛，他年紀已經大了，也不想再幹什麼。只是我，我總不能夠長此跟他們混下去。老江湖與韓琴師也看到這一點；當另一期合約開始時候，老江湖就鼓勵我出國了，可是我竟發興不起。韓琴師雖也是勸我不要老跟著他們混下去，可是不知怎麼，總還是常常拉我一起，吃吃小館子，睡睡燕子窩，談談這個談談那個。日子一天一天地過去，我雖有時也想振作，可是總還是糊里糊塗地拖著。

我與老江湖並不吸煙，但也很喜歡去燕子窩，人的惰性有時真是非常可怕，習慣於一個地方，與一個環境，竟是不容易擺脫。

天氣已經涼下來，早晨深夜已有寒意。時節對於我一直沒有什麼特別的感覺，這一年起，我奇怪地突然敏感起來。

戲院合同滿後，我們又繼續四個月。雖然老江湖和我仍算是領導人，但是新進來的戲劇工作人員，如編制、導演、舞臺裝置的人很多。他們幫助著種種佈置並排練新戲，好像反而使我們沒有什麼可做了。

老江湖的收入雖然增加，但是他並不快活，他不但覺得紫裳已經不是他的人，而且也覺得這班子不是屬於他的一樣。幹他一行的似乎到此已臻登峰造極，但當他喝了點酒時，就對我說：

「我寧願帶一個小班子在鄉鎮上流浪。」

我自然也到舵伯地方去，但最多吃一餐點心，或者吃一餐飯。舵伯每次都問我出國的打算，我總推託幫老江湖演完這一期戲。每次到那裡，我總有許多感觸。對舵伯，我感到我們間隔膜越來越深，回想當年的情形，我常常不能自解；對衣情，我有一種害怕也感到一種誘惑；其次是，我一看到藝中，就想到映弓，這個我從庵堂中帶出來的小尼姑，到底是怎麼一個下落，她的出走究竟是為愛情還是受衣情的愚弄，很使我不安。有這些不舒服的感覺，使我怕去看他們，所以不知不覺就去得越來越少了。

我不知道我是不是還留戀衣情，自從上次在舵伯家裡見面以後，我避開她有一個多月，可是有一天夜裡，她突然到燕子窩來找我。她同韓濤壽本是舊知，同老江湖現在也很熟。她一進來，他們都非常高興，我平常對她常感到威脅，可是那一天不知怎麼，竟也感到一種想不到的溫暖。她開始說舵伯聽說我常常在燕子窩，怕我染上壞習慣，所以叫她來看看我，現在發現我並沒有吸煙，所以很放心。我相信舵伯可能有這個擔心，但是要知道究竟，則問問韓濤壽就可以了，何必要她來找。我雖明知道這是一個托辭，可是並沒有討厭她來。

我很難分析當時奇怪的心理，在舵伯的旁邊，在闊綽的來捧場的觀眾中，甚至在後臺紫裳的化粧室裡，衣情始終使我覺得是一種威脅，可是在這個場合中，同她很輕鬆隨便談談的時候，我覺得她是一個很好的友伴了。

不知怎麼，韓濤壽同她談到下圍棋，她說她早已還了老師。我從來不知道她會下圍棋，我當時問她老師是誰。她指著韓濤壽說：

「就是他。」

我當時就說我在學校裡時候，也學過圍棋。

韓濤壽忽然提議叫我與衣情下一盤。講好了輸家請吃宵夜。

這盤棋使我與衣情的情緒忽然有一個轉變，我與衣情可談的事情太少，以前還可以談過去，現在過去已經談敝，見面很難有什麼話。能談的事都是我怕談的。如今我們可因棋而相對了很久。

頂大的因素還是有韓濤壽、老江湖在一起，他們無形中緩和了我心理的一種害怕情緒。衣情的一舉一動，在別個場合上，我常覺得她是有目的的，可是在這裡，我竟毫無這個感覺。當她心神專注於棋子的時候，我發現她始終是很美麗的。

女性對男人的魔力，往往是在她自己不注意的地方。尤其當她的棋子漸漸佔優勢的時候，韓濤壽要幫我，她不許他發言，一瞬間，我竟發現了她以前所以使我鍾情的美點。

人生正如著棋，一步之差，全盤不同。就是這個小小的感覺，我以後的生命竟有了完全料不到的變化。

那一盤棋我終於輸了。我當時竟沒有想到這也正是一個人生上的一個讖言。

我記得那天我們是一同到恒新舞臺，散戲後，我們四個人去吃宵夜，在館子裡韓濤壽拉起胡琴唱京戲，葛衣情也唱了幾齣京戲，我沒有想到她唱老生竟很得譚派的味道。不知是不是這一點抵消了我對她唱越劇時候的不好印象，她在我的印象中竟又新鮮起來。我們那天喝酒笑鬧，大家都非常快樂。

離開館子已經不早，我帶著幾分酒意回到大中，我記不清是我留葛衣情在大中的，還是她自己留在我房間裡的。總之，我於第二天醒來，葛衣情就在我的身旁。

她起床後，並沒有同我談情說愛，平平常常地說要回去。她走後，我倒忽然感到空虛起來。

我當時也很後悔昨夜的失足，但是我還是對她有點想念。這奇怪的心理，在我內心中是一種鬥爭。可是很快的，我就取得了主動，我克服了對她的想念。

於是，大概是三天以後吧，葛衣情又突然在燕子窩出現了。她一點沒有表示找我的意思，她好像以老江湖與韓濤壽的朋友身分在同他們談東說西，於是她提議同韓濤壽下棋了，韓濤壽饒她幾個子，結果還是她輸，她說她晚上請吃宵夜。同上次一樣，那一夜她又宿在我房裡。

這使我突然警覺起來。我覺得唯一躲避衣情的辦法就是我不再去燕子窩。是這樣的決定，使我脫離了老江湖、韓濤壽的伴侶。我當時還決定了早點辦手續出國，雖然我現在對於用舵伯的錢非常不願意，但是覺得此外實在無法另找出路。

離開了老江湖、韓濤壽這兩個朋友，我頓時孤獨起來。沒有事，我也就到舞場去坐坐。許多團員們都在玩舞場，尤其小江湖，他的時間與金錢似乎都在那裡消耗，一個人在戀愛的王國中失敗以後，他很容易在歡場中找刺激，慢慢地就不會相信女性還有真正的愛情了。小江湖也許正是這樣。

我雖是常常碰見他們，但很少同他們在一起。

我在學校裡有一個時候在同學聚會中也常常跳舞，但從未沉湎於舞場，如今到了舞場，馬上覺得那是一個忘去現實消磨時間的地方。我很少跳舞，只愛一個人坐在角落裡看看人，聽聽音樂。偶爾找個舞女陪陪，也只是談談消磨時間而已。

有一天，也是這樣，我一個人坐在角落裡，忽然我看見不遠的前面有一個很面熟的舞女，走到一個男子的臺子上去，我目光一直跟著她，當她在那個男子身旁坐下的時候，我突然發現那男子竟是小江湖。

我遠遠地望著他們，看他們很親熱。後來我越看這個舞女越覺得面熟，我就過去同小江湖招呼起來，小江湖拉我坐在一起，就為我介紹說：

「這位是史小姐。」

在暗藍色的燈光下，我看到她玲瓏的個子與瘦削的臉，我總覺得我是認識她的，但不知道是在什麼場合，可能是舵伯他們一群朋友裡有人帶她去看過戲，我想。

可是就在我坐下的時候，這位史小姐忽然呆頓頓地望著我，兩隻大大的眼睛裡垂下了豆大的淚珠，我恍然悟到她是誰了。她突然收回眼光，拿出手帕，起初還想掩蓋她的眼淚，可是我已經禁不住叫她了，我說：

「黃文娟。你是黃文娟，是不？」

我這一說，她再也無法自禁，她伏在桌上哭了起來。

小江湖這時候弄得莫名其妙。我說：

「我們買票帶她到外面去談談好不好？」

小江湖沒有反對，他就買了票，我們一同出來，到了一家很清靜的咖啡店，聽黃文娟講她的遭遇。

黃文娟告訴我就在學生會改選以後，她也加入了組織，同一個組織裡的朋友戀愛，發生了關係，有了孕，但是工作第一，這個朋友突然要離開上海。他叫黃文娟打胎，黃文娟不敢。她的家庭是一個舊式的後母的家庭，子女也多，發覺她有孕後，就不再認她為女兒，逼她離開家庭。她找不到那個男人，就只好住到朋友家裡去，自然也不能去學校，一直等足月生了出來。最後她只好自己做舞女去供養這個孩子。可是不到一個月，這個孩子竟死了。

黃文娟的悲劇是當時流行的一杯水主義的悲劇，我聽了雖是同情，但並不驚怪。可是小江湖非常驚訝，他以為黃文娟讀了大學，人又聰敏，不該這樣輕易上別人的當的。問長問短地終於使黃文娟講出當時的詳細的際遇。

黃文娟說，那個男的雖說也是學生，但已是三十多歲了。他第一次叱責黃文娟貞操觀念是封建意識，這個落後意識不克服是談不到進步與革命。黃文娟為使自己進步，她終於克服了這個落後意識。

等他們有了關係以後，黃文娟發現這個男子又同別的女人胡鬧，黃文娟很傷心，去對他責問，他批評黃文娟是小資產階級的情感主義，應當克服。而他所以同別人胡鬧，完全是為工作上的掩護。

當黃文娟發現那男的要離開上海時，她曾經一再對他表示愛他，願意跟他同走，男的認為這是戀愛至上主義。這時候黃文娟發現自己有孕了，她同男的去說，如果他不肯帶她走，她只好對家庭去說，對社會公開了。男的說她要這樣就是出賣他出賣革命，他叫她打胎，但是黃文娟起初沒有膽子，於是有一天，發現那個男人已經偷偷離開上海，連一封信都沒有給她。

關於封建意識小資產意識革命種種名詞，小江湖並不瞭解，可是他本能地竟要為黃文娟復仇，他氣憤地說：

「哪一天我找到他我一定要打死他。」

「你打死他？」我看他認真的衝動樣子，不免笑了，我說，「你不要抵命麼？」

「抵命就抵命。至少我先可以痛快一下。」

黃文娟一面說她的經過，一面不斷地流淚，最後她說：

「當初他們說你在愛我這種謠言，就是為怕我太接近你。」

「那麼那時候已經有人看中你了。」

「是的是的，這是他親口同我講的。」

「他是誰呀？我認識他麼？」

「他的名字很多。」她閃動著不安的眼光說。

黃文娟似乎仍不願意說出他的名字，究竟是她還在遵守革命紀律還是別的隱衷，我沒有再去問她。

那天晚上我們一同吃飯，飯後到恒新舞臺。戲散後，我與小江湖送黃文娟回去，黃文娟住在北四川路一間公寓房子裡，她邀我們到她房裡坐了一回。那房子很敝舊，家具是白色的，但已汙黃。桌上很亂，除了一些化妝品以外，也放著幾本書幾本畫報。地上散著好些鞋子，黃文娟把這些鞋子收在一起，叫我們坐下，從熱水瓶裡倒茶給我們。

閒話談到過去學校裡的種種，我有很多感觸。我想到當初黃文娟實在是一個很純潔年輕的孩子，非常樸素，從不塗脂抹粉，不過一年幾個月工夫，她竟是一個流落在歡場裡的舞女了。但是，我知道，今天同我在一起，她好像又重新回到學校一樣，她沒有以舞客眼光在看我們。我不知道是不是這個打動了小江湖，他也馬上不以舞女看待黃文娟了。

時候不早，我提議回去，黃文娟似還是依依不捨。我們又耽了一會，回大中飯店已經是四點鐘了。

以後，很奇怪的，小江湖就常常拉我到舞場去看黃文娟。

那時我的出國手續已經交旅行社在辦，眼看再一個月就可以動身，可是我忽然對於黃文娟不大放心起來。我很希望小江湖真會喜歡黃文娟，那麼我可以早日促他們結婚。

有一天，我與小江湖從舞場出來，在去恒新舞臺的路上，我就坦白地同他說，我說：

「你是不是真的喜歡她？」

「她的確不錯，是不？一點沒有舞女氣。」

「她是舞女，有沒有舞女氣有什麼關係？」我說。

「我是說她好像不一定是為錢。她常常肯犧牲她的生意同我們在一起。」

「這因為她喜歡你。你不覺得麼？」

小江湖笑笑。他的笑容有一種奇怪的自負，好像表示了一個女人喜歡他是很平常的。

「我想如果你也喜歡她，那麼你娶她做太太怎麼樣？」

「結婚？」小江湖忽然愣了一下說，「我可一直沒有想到要結婚。」

「為什麼不？」我說，「她是一個很純真的女性，最近我發覺她實在很愛你。如果你肯娶她，她一定會是你很好的太太，她在許多方面可以幫助你的。這些日子，你也玩得不少，看得不少，為什麼你會特別想找她呢？我想還是你對她是喜歡的。就因為她是你隨時可以找她的舞女，所以你不想同她結婚就是了。」

小江湖半晌沒有作聲。我說：

「假如她明天告訴你，她就要嫁人了，不再做舞女，你沒有法子再找她，你將怎麼樣感覺呢？」

小江湖還是沒有作聲。

「你是不是對於她過去的事情不舒服呢？」

「沒有，沒有。你也把我看得太婆婆媽媽了。」

「那麼我希望你會很快地決定，讓我離開上海以前吃這杯喜酒。」

他笑了笑，沒有再說什麼。

車子到了，我也沒有再談下去。

第三天，小江湖找了我，他說他已經去看過黃文娟，他發現黃文娟真的在愛他。他決定同她結婚了。

小江湖非常興奮，他對我談到結婚的儀式，以及婚後的生活。他說黃文娟是大學生，結婚後，他第一先要她教他讀點書。他要我在大中安排一間房間，預備結婚後居住。他還告訴我黃文娟同舞場還有兩星期的合同，合同滿了，他就想叫黃文娟先搬到大中飯店去。

我當時就為他與大中飯店接洽，我要他們安排原來紫裳住的房間，他們告訴我三天以後有空，我就叫他們到時候留出來。我還把這件喜事同老江湖談了，老江湖也很高興。他以為黃文娟雖還要做兩星期的舞女，但不妨先搬到大中來住，可是小江湖覺得隔兩星期搬來較好，他要她搬到大中以後，就不再是舞女，與以前生活完全切斷才好。我很欣賞他這種想法。

這個消息當然很快地傳遍了我們團體裡的耳朵。衣情、紫裳也知道了這件事，大家要看看黃文娟。她們也同舵伯到舞場去找黃文娟，老江湖、韓濤壽同我也到舞場去看黃文娟，其他單位裡的人也都想看看她，所以舞場裡忽然大大熱鬧起來，舞場甚至以此做口頭廣告，一時黃文娟紅忙得不得了。

我與紫裳已經好久不來往了，這實在因為她一天一天在紅，而我則非常暗淡。可是當大夏、大冬伴她與衣情去看黃文娟那一晚，我在舞場裡碰見了她，我就請她跳一個舞，這是我幾個月第一次兩個人可以談話的機會。沒有見到她，我並不想什麼，見了她，我竟有許多話要說，但是我竟不知從何說起，倒是她先說了：

「你還記得你第一次帶我到舞池，我還不會跳舞麼？」

「我永遠不會忘記的，」我說，「因為我的一生只有這第一次。現在你的舞已經跳得很好了。」

「聽說你玩得很厲害，你常常來跳舞麼？」

「你以為我是這樣容易找快樂的人麼？」

「我知道你不會快樂的。」她說，「但是你也不再想到我了。」

「你已經是明星了，可是我，我……」

「為什麼說這些呢？」

「你看許多人都在注意你。」

紫裳那天打扮得非常樸素，她穿一件灰呢的旗袍，沒有帶任何首飾，可是舞場裡的人還是人人都認出是她。她燙短了的頭髮垂在頸邊，漆黑如墨，使我想到她送我那束剪下的頭髮。我又說：

「可是我並不覺得同一個紅星跳舞是光榮的，只有我想到到上海第一天帶你跳舞，我才感到這是沒有人能佔有的光榮。」

「可是當時什麼都不知道，現在我知道得很多了。」

音樂停了，我們等第二支音樂，她說：

「你什麼時候去歐洲呢？」

「等吃了小江湖的喜酒。」

紫裳忽然不說什麼，在音樂聲中，我同她跳華爾滋，我在她耳邊說：

「你說你知道得很多了，你還知道我愛的仍舊是你麼？」

「這可只有你自己知道了。不過我知道你並不快樂。」她說，「後天夜裡，戲散後你願意到國泰來看我麼？我有話同你談。」

「真的？紫裳，那麼你為什麼不早約我呢？」

「現在不晚，我只想你去歐洲前找個機會單獨同你談談罷了。」

我們沒有再說什麼，音樂停的時候，我送她回座，我心裡有說不出的快樂與興奮，人生似乎頓時有了新的意義。

那天我與小江湖在另外一個桌子上，我回到小江湖地方，把黃文娟帶到紫裳地方，介紹給大家。以後我就同黃文娟跳了一個舞。黃文娟對我很誇讚紫裳的美麗。她忽然問我衣情，她說似乎很面熟。我大略地告訴她關於衣情的種種。黃文娟忽然興奮地說：

「是不是她有一個姓謝的朋友？」

「我不知道。姓謝的，是幹什麼的？」

「謝壯傑，是畫畫的，也是魏的朋友。」

「啊，魏？魏什麼？是誰？是那個負你的男人？」

她點點頭。

「你知那位姓謝的，他現在在哪裡？」

「他同另外一個女的到蘇區去了。他們比魏早離開上海。」

「啊，那位女的叫什麼，你知道麼？」

「她叫映弓，我們見過幾次。」

「啊，原來你也認識他們。」我感慨地說。

「怎麼？」黃文娟說。

「沒有什麼，」我說，「世界有時候也很小。」

……

三十

昨天下了雨，今天突然地冷起來。樹葉已經枯黃，風來時簌簌飄落，秋意在夜裡顯得更濃了。街上行人稀少，燈光蕭索，我一個人到國泰去訪紫裳。

紫裳於戲散後，有人先送她回去，我還在戲院逗留了好一會，如今已是三點鐘了。飯店櫃上的職員為我打電話通報她，她請我上去。

紫裳現在已經雇了一個女傭，她為我開門，招待我坐在客室裡。接著紫裳從裡面出來。她已經換了一件衣裳，非常樸素莊嚴。她一進來就問我要吃些什麼，可以先去叫。於是她坐下來說：

「你知道我要搬家了麼？」

「為什麼？」

「許多人勸我租房子。」她說，「你不覺得那樣會比住旅館方便麼？」

「那麼你是打算在上海長住了。」

「我想你去歐洲總要好幾年。」她忽然低下頭說。

「我不懂你的意思，你的搬家與我去歐洲有什麼關係呢？」

「你現在沒有意思想……想同我結婚麼？」

「你是說我還有希望麼？」
「你知道我是愛你的。」她說著又低下頭。
「怎麼回事，紫裳？你是說……」
紫裳突然很奇怪地流出淚來，她拿出手帕揩揩眼淚。
「這些日子來我懂得不少。」她忽然抬起頭望著我說，「我愛的是你，我也知道並沒有第二個人在愛你。」
「你這話是什麼意思？」
「我起初以為別人也許比我更愛你。」
「你是說葛衣情麼？」
「現在我知道並不是你有負於她。」
「紫裳，」我興奮地站起來，拉著她的手說，「真的，那麼你肯馬上同我結婚，一同到歐洲去麼？」
「你真以為這是對的麼？」她說，「你覺得你花舵伯的錢沒有慚愧麼？」
紫裳這句話突然提醒了我，我想到這許多日子中我時時對用舵伯的錢有所不願，如今我更感到我與舵伯的關係與以前是不同了。紫裳的話一定是有原因的，她該是聽到了別人對我的譏笑。
「紫裳，我不知道你聽到些什麼，只要你告訴我該怎麼做，我就怎麼做。我們總要自己有一個世界，依賴舵伯當然是不對的。不過現在只有這個辦法可以讓我們在一起，將來我們有錢，把這錢還舵伯也不遲。」

「我希望你到歐洲去，好好讀幾年書。跟著老江湖幹這一行總不是你的出路。我現在在學唱，慢慢地我可以唱歌，可以演電影，我想我的收入可以幫助你讀書，不一定要靠舵伯。你回來以後，我可以放棄一切。那時候我們結婚，你說好麼？」

我對於紫裳的意思很感激，但是我可覺得這只是她天真的夢想罷了。我沉吟了好一會，我說：

「如果我不想用舵伯的錢，我當然更不想用你的錢了。你的意思我很感激，但是三年的時間可不短，你真知道你對我的愛情不會變化麼？」

「你不相信我，還是不相信你自己？」她說。

「紫裳，我都不能相信，這因為我們是人，而我們在人間，人間的一切都要我們培養創造，人間沒有常開的花，沒有常綠的草。人間的一切都需要我們珍貴憐惜與愛護，愛情在天國也許是永久不變的，在人間，同一切別的幸福一樣，一疏忽就會遺失的。」

「也許你的話是對的，但是正因為人間的一切是要變的，我們來堅守愛情，那不正是對我們的一種考驗麼？」

「你是要我們凡人做超人的事情。」

「我是要看看你愛我是不是真的，你也該看看我。」

紫裳忽然閃出奇異的神聖的眼光，我不知不覺拉著她的手，我跪在她的面前，我們倆就在沉默中擁抱了。

沒有人會知道情慾與愛的分別，除非你真正愛過。情慾教人沉湎，愛會教人奮發；情慾使人萎靡，愛則使人振作；情慾誘人墮落，愛會帶人飛升。人人都有情慾，但很少人有愛。在愛的下面，我們每個人都想完成超人的事業與成就。紫裳在這份愛中，竟想以她的力量來供給我出國，而我，我的生命竟無形之中在這份愛中有奇怪的轉變。我從那一夜起就有了發憤自強的念頭，我固然不願紫裳供給，我也不想依賴舵伯的供給，我立志要找一條自己的出路了。

當時我們陶醉在愛裡，就沒有再提起當前的許多問題。我知道紫裳已經瞭解了衣情，將不再會被她愚弄了。我願意我沒有過去同衣情的那段歷史，我不願再提起衣情的名字，我願意她不在這個世界上存在。

沒有比沉默更能表示我們的愛，也沒有比愛更會使我們沉默。

我於第二天早晨離開國泰飯店，我所感受的是我要為這份愛努力。這是紫裳與我兩個人的事，一切只能靠我們自己的創造，依賴任何別人的幫助與同情都是可笑的。我有奇怪的力量在推動我自己，我覺得我有一身的意志與力量，我可以完成任何艱巨的工作。

這些感覺究竟是屬於愛還是屬於夢，連我自己也不知道。不過當時我竟以為我憑這份愛可以走任何道路的。

一個人的命運真像不定的天氣，一連多少時日的沉悶與哀怨，突然有了連續不斷的變化。

與黃文娟重逢是一件意想不到的事情，她與小江湖可以結合使我有一種說不出的欣慰，我相信他們會非常幸福。如今我與紫裳的愛情竟也重新開花，我無法想像我們前途可有多麼燦爛幸福與光明。

把我們的愛情與黃文娟同小江湖的愛情相比是不對的，因為事實上我們的結合不能像他們簡單而輕易。我當時覺得如果我碰到葛衣情的時候碰到紫裳，如果我在紫雲庵以前肯定地愛了紫裳，情形也許可以像小江湖與黃文娟一樣的簡單。可是命運所安排的不是如此，表面簡單的往往會攪成複雜，看來平順的也會有意外的波折。我自己所體驗的與小江湖同黃文娟的際遇，都不是我所能意料的。

這因為人是時間的動物。如果我可以在沒有讀書以前會見紫裳，如果紫裳在沒有成功以前碰到我的愛情，我們的相愛一定會更純潔高貴與美麗。而現在因為這時間上的參差，我們對於幸福有複雜的要求。愛情不過是一束鮮花，而我們竟在有花以前需要一個美麗的花瓶。我們太相信愛情的力量，滿以為憑這份愛情可以有愚蠢的期待，可以與渺茫的命運與無知的未來有所爭奪。

這因為我們在人間，人間的愛永遠伴著情慾與自私，人間的幸福永遠伴著痛苦，人間的永久就需要期待與忍耐。

一個人可以把目的解釋作手段，一個人也可以因習慣於某種手段而成為目的。而人會製造各種理由去掩飾為命運所帶引的途徑，為自己下意識的欲求作各種光明的掩護。

那時的紫裳已經無法中止她一帆風順的事業，命運註定她要在江湖的星座上燦爛，我們的愛情就無法結果了。

當我無法離開紫裳時，紫裳也已經無法離開她的生活了，但是紫裳是愛我的，她在需要我的時候要我同她在一起，在覺得我妨礙她生活的時候又鼓勵我出國。她自己以為她的生活正是為對我們的前途而努力，而我則覺得她的生活是我心理上的一種負擔。

我與舵伯的關係，已經使我越來越不想靠他金錢的資助。但是為愛，我還是時常有一種想舵伯給我更多的資助，使我可以帶紫裳遠行的念頭。可是紫裳並沒有這種念頭，她對於自己的生活有奇怪的興趣與信心，她說她不但不希望她自己去靠舵伯資助，也不希望我去依賴舵伯，她說她的收入足夠資助我去歐洲，為什麼不由她供給呢？

一個人的行為有時候只是一種對另一行為的解釋，我知道紫裳並不是有意識的，但是她要供給我資助我正是要掩飾她的生活與我們愛情間的矛盾。

我還發覺紫裳有一個錯誤的想法，以為我出國幾年以後，回來可以與她社交中所見的人物一樣豪闊與成功。這個想法，實際上也正是反映她對於我現在的地位，始終有一種下意識的輕視。

我們的愛情因此失去了應有的光彩，正如一泓清泉混雜了各種的污穢，我們已經無法認出原來清澈的面目了。

當紫裳搬到貝當路一家公寓以後，我突然發現我變成她的地下情人了。於是當她需要我的愛情時候，我感到一種自卑與自憎，當她鼓勵我出國的時候，我就猜疑到她是在怪我妨礙她的生活。我已經無法忍受這奇怪的愛意，而我竟無法自拔。

情人的心理是變態的心理，而我的生活是變態的生活。當紫裳必須作各種應酬交際的時候，我往往無法安排我的時間，我是多麼羨慕小江湖與黃文娟的生活。

可是天下的事情竟不是人所能預料，任何平順的途徑都有不測的風浪。一切被羨慕的隨時都在羨慕別人，人所能摸索的是自己的意念，而命運則永遠有它自己的道路。

就在黃文娟將要輟舞的前幾天，小江湖突然驚惶地告訴我黃文娟失蹤了。

「失蹤了？」我說，「你難道哪裡都找過了？」

「自然。」他說。我想了許久，忽然想到了她以前的情人，我說：

「會不會與她以前的情人……」

「那個姓魏的？他已經被捕了。」小江湖說了，接著他簡單地告訴我一件我所想不到的際遇。

原來幾天以前，他與黃文娟在一家咖啡館同那個姓魏的碰到了。姓魏的同黃文娟招呼一下，小江湖問她是誰，黃文娟很害怕，可是經不起小江湖的詢問，她告訴了他，小江湖當時很氣憤，但並沒有發作。

第二天，小江湖同幾個朋友去舞場，黃文娟正在姓魏的檯子上。當時小江湖轉了黃文娟的檯子，看黃文娟非常不安與驚惶。小江湖一時就盯了姓魏的幾眼，姓魏的好像有點發覺，很快就離開了。這時候小江湖忽然一聲不響，就離開黃文娟，匆匆跟著姓魏的出去。他一直跟到一家羅宋公寓，姓魏的進去後，小江湖也跟進去，打聽到他的房間號子，一直去敲他房門。

姓魏的沒有想到小江湖跟著他。他開了房門，吃了一驚，小江湖不問皂白，反扣了房門，就打了他一頓。那姓魏的當然不是小江湖的敵手，受了些傷。就在這時候，外面有一個女人來看姓魏的。她打不開門，又聽到姓魏的呻吟的聲音，她就報告了傭人，傭人報告了員警，員警一來，拘捕了小江湖與姓魏的，可是奇怪的是員警在姓魏的房間裡發現了沒有執照的軍火。於是小江湖被判罰款後釋放，而姓魏的倒被押起來了。

小江湖講完這個際遇時，我發覺他有一種勝利的驕傲。他的話只是說明黃文娟的失蹤與姓魏的並沒有關係，可是我覺得這正是唯一的可查究的線索。

我當時就急急找恒新舞臺的經理商談了很久，他答應設法托人去打聽。第三天果然有了消息，原來那個姓魏的被捕以後，發現他與以前一個殺人案有關，引渡到公安局，不知怎麼，這案子竟牽連了黃文娟，黃文娟就被捕了。

當時我們就懇求舵伯，托了許多人士去營救。這案子後來轉到法院，舵伯也花了很多錢，請了律師為黃文娟辯護。前後拖了三個多月，最後那個姓魏的被判了十五年徒刑，黃文娟也被判兩年的徒刑。

小江湖當時非常傷心，他很後悔對姓魏的尋仇事情，他覺得是他害了黃文娟。我極力勸慰他，說這種案子遲早總要發現，黃文娟也難免要被牽累的。小江湖曾經去看過黃文娟，他說他要等她，等她刑期滿後同她結婚。

為奔走黃文娟的事情，我足足忙碌了三個多月。如今秋天已是過去，天冷了下來，樹木已經枯了，滿地都是落葉。天陰了好些天，時而有淅瀝的雪子。

如果沒有黃文娟的事情，我不知道我是否會出國。當時的我對於用舵伯的錢去歐洲越來越覺得是一種恥辱。我在班子裡每月收入足夠我一個人消費。一個人的惰性有時候是無法解釋的，許多友誼上的溫暖也使我並不想到陌生的地方去，而我對於紫裳也有一種奇怪的不放心，雖然我並不能也不想干涉紫裳的生活。

社會總有一個傳統與習慣的模型。沒有人瞭解我與紫裳的歷史，等到外人隱隱約約地知道紫裳有一個情人的時候，謠言就起來了。說紫裳的情人是班子裡的一個小角色，靠紫裳津貼，每天睡在燕子窩裡吸鴉片。

我已經很少到韓濤壽常去的燕子窩去了，那天為老江湖要同我談點事情，我同他一起到那裡去。韓濤壽說好要晚來些時候，所以就只有我們兩個人，我們談好了事情後，韓濤壽才來，但是並不是一個人，與他同來的是葛衣情。

這些日子裡，我很少同葛衣情在一起，她好像也並不注意我的生活。當時她很大方地同我談些無關緊要的事情。但是等韓濤壽吸了兩口煙以後，葛衣情就談到了小江湖。

小江湖情形我是熟識時。他前些天曾到蘇州監獄裡去探訪黃文娟，黃文娟勸小江湖不要為她傷心，也不必等她。說她已經是沒有希望的人了，兩年徒刑滿後，人也一定老了，不值得小江湖這樣愛她。可是小江湖竟對她表示決不變心。從蘇州回來後，他生活有很大的改變，他要我介紹一個補習學校，他要讀書，他也不再跑舞場了。

葛衣情從小江湖的情形，談到我出國的事情，於是韓濤壽就勸我不應該跟他們一樣的這樣混下去，應當為自己前途努力。韓濤壽一直這樣勸我，但是這次我發覺韓濤壽是應葛衣情之約一同來勸我的。

他們並沒有提到紫裳，我也並沒有談到我不想依賴舵伯的幫助，我只是說我這些日子因為黃文娟的事情，所以拖延下來。就在這時候，葛衣情忽然談到了紫裳。她笑著說：

「你是不是為著紫裳而不想出國了呢？」

「不但為她，也為我們一大群朋友。」我說。

「外面對於紫裳同你的謠言，可是很多。」她忽然說，「我聽了很不高興，這不但於你不好，於她也很不好。」

「什麼謠言？」

「人家都說紫裳倒貼班子裡的一個男人，他靠著紫裳津貼每天在舞場燕子窩裡鬼混。」她說，「總之，很多難聽的話，幸虧並沒有提你的名字。」

這並不是我第一次聽到這個謠言，但出於衣情的口，我心裡有一種說不出的滋味；我只是很平淡地說：

「紫裳紅了，什麼謠言都會有的，我只要幾個老朋友知道我的情形，瞭解我就得了。」

韓濤壽於是就談到這個圈子的是非與謠言一直最多，他說：

「謠言不謠言倒可不必管它，不過你總該早點離開這裡才是。你不能同我們比，你有學問，又年輕。」

這時候老江湖也發言了。他說：

「還是早點走吧，這裡不是你的世界。我雖然喜歡你跟我們在一起，可是為你著想，這是不值得的。我叫作做一天和尚撞一天鐘。」

自從到上海以來，大家一直談到我要出國的事情，一拖兩拖，如今已經是冬天，我還是混在這個圈子裡不想走，這難怪他們對我催促。但是我當時竟感到說不出的孤寂，覺得周圍的朋友，竟沒有一個人留戀我似的。大家好像都以為我太沒有志氣，有人幫忙還不肯求上進。

我不知道舵伯是怎麼樣一個想法，我很少同他有談談的機會，偶爾見面，他好像並不十分關心我的事情，這使我更加覺得我不該再花他的錢了。可是在衣情的口中，好像舵伯始終也在催促我早點出國似的。

我當時並沒有什麼表示我心裡的感覺，我只是說：

「你們當然都是好意，但是我出了國又會怎麼樣呢？」

說了這話沒有多久，我推說有事，就一個人先走了出來。

不知是什麼樣一種感觸，到了熱鬧的街上，我突然感到非常孤獨。吸著煙，一時間竟覺得全世界沒有一個人是瞭解我的。天氣很冷，我豎起領子，毫無目的與方向地走著，一直走到一家車行，我跳上一輛街車，就到了恒新舞臺。

戲已經開演了，恒新舞臺的門口放著客滿的牌子，除了一些汽車、洋車在等候散戲以外，街上竟沒有什麼人。

我付了車錢，跳下車。我沒有看見什麼，也沒有想什麼，只是恍恍惚惚地往裡面走去。這時候，突然有一個人叫我了。

「野壯子，」走向我的是一個衣衫襤褸身材高大戴著一頂破氈帽的人。

我吃了一驚，仔細一認，我不覺叫了出來：

「你怎麼在這裡？」

「我在這裡已經等你三天了。」

「怎麼樣？」

「我們找個地方談談好麼？」

我於是就帶著他到附近一家酒店，我說：

「你不是說到北方去了麼？」

「不瞞你說，真是慚愧，你給我的旅費都賭去了。」

我們走進酒店，我叫了一點酒，幾道菜，我說：

「穆鬍子，脫了帽子喝酒吧。」

穆鬍子用手摸摸他的鬍子，非常勉強地把他的破氈帽脫去。他露出一顆被剃去頭髮的光頭。

「穆鬍子，那麼你又幹那一手了。」我說。光頭是那時上海從監獄出來的特徵，穆鬍子是無法掩飾的。他拿起桌上的酒喝了一口，於是說：

「我完了，我沒有第二條路可以走。」

「那麼現在打算怎麼樣呢？還是回到班子裡來吧。」

「我不想，我不想。我要到很遠很遠的地方去。」

「幹嗎？」

「你不要管我，我也不想向你要錢，你送我一張長江輪船的船票好了，你可以送我上船，我以後不會再來打擾你了。」

「你不要急，這個以後再說；現在先吃點東西，吃飽了你先去買一套衣服，洗一個澡，我們再作道理。」

熱菜上來了，穆鬍子拿起一碗熱酒，喝了一口說：

「做人為什麼，還是吃一點。」接著他就狼吞虎嚥地吃起來。

我望著穆鬍子，心裡有奇怪的感覺。自從我參加老江湖的團體以來，我一直就喜歡穆鬍子的，他好像始終有他獨立的個性，對於團體的利益他不十分計較，也不把團體當他自己唯一的前途。他有一種灑脫的態度，愛自己過自己的生活，在他偷竊案子發生以後，他也隨隨便便地挺身去坐牢，一點沒有拖泥帶水的抱怨什麼或者要求什麼。如今他在窮途末路的時候，也並不想再回到團體來求一飽，而想到遙遠遙遠的地方去。我望著他旁若無人的狼吞虎嚥的神態，不知不覺想到自己性格上的缺點。假如我有穆鬍子萬分之一的灑脫與爽朗，我早就向舵伯拿一筆錢到歐洲去了，不會再在這個小圈子裡盤旋著一天一天拖下去的。儘管穆鬍子到現在還沒有走成，但是他是把錢賭去了。而我則是為團體裡一點可以生活的份金而拖延著耽誤自己的生命。同他一比，我覺得他真像一隻漫遊天空的蒼鷹，而我則是一隻永遠在腐爛的食物中盤旋的蒼蠅了。

我當時沒有再說什麼，等穆鬍子酒醉飯飽以後，我付了賬伴他出來。我們在三馬路一家小旅館開了一間房間，我給了他一些錢，叫他去洗澡、理髮、購置新衣。我約他於事情完畢後回到旅館裡等我。於是我就獨自到恒新舞臺去看看。

我沒有坐車，也沒有想什麼，但不知怎麼，我的心靈比會見穆鬍子以前要輕鬆許多。街上有倚門待客的野妓，有彷徨無依的乞丐，我發覺我並不是世上唯一的空虛與寂寞的旅人。

三十一

一進戲院，我心裡就感到一種奇怪的不舒服，我馬上想到外面所謠傳的我是靠紫裳的豢養每天睡在燕子窩裡無用的男人。在擁擠熱鬧的觀眾中，我望見舞臺上紫裳的燦爛，心裡竟有一種說不出的自卑。

自從我做了紫裳的情人以來，在公開的場合上，反而使我不敢也不願對她多有所接近。起初好像只是為了增加我們愛情的神祕，慢慢竟變成我自卑的掩飾，這也就是我不願意在後臺長耽的原因。

我在前臺癡立了許久，我腦筋中這時候還是想著穆鬍子，覺得我應當有他那一點灑脫才對。突然，很奇怪地我竟有了一個跟他到遠方去流浪的念頭。當時我很想馬上回到旅館去同穆鬍子談談。但是就在我想離開戲院的時候，葛衣情忽然從前面過來招呼我，她說舵伯也在前面看戲，約我戲散後一同去吃宵夜。

我已有好些天沒有看見舵伯，我沒有考慮地就跟她走過去。舵伯的廂裡有兩個男人，五個年輕的女人。我看周圍並沒有座位，招呼了一下，就說散場的時候再去找他們。於是我對衣情說：

「我們到外面去喝杯咖啡吧。」

衣情跟著我走出來。外面很冷，附近也沒有講究一點的咖啡館，我們就走進一家很小的鋪子。這些鋪子原是做散戲以後的生意的，這時候客人很少。衣情坐下後，忽然說：

「你好像很看不慣他們。」

「誰？」

「同舵伯在一起的那些人。」

「我好像看見過他們，是不？那兩個男的。」

「一個是馬蒲仙，一個是葉漠高。馬先生的詩文在上海是有名的，葉先生是畫家，還懂得字畫瓷器。最近天天在我們那裡。」

「那麼是舵伯的秘書了。」

「秘書倒好，索性給薪水。」衣情忽然說，「他們只是混在我們那裡，吃喝玩的，三天兩頭地借錢，舵伯還當他們是朋友。」

衣情的話，忽然使我笑了。

「你笑什麼？」

「附庸風雅的才子，同搔頭弄姿的美人一樣，還不是都要靠有錢有勢的流氓。」我說。

「那麼你，你也是附庸風雅的男人，我，我難道也是搔頭弄姿的女人？」

「我？這就是為什麼我這些日子來不想多見舵伯的原因了。」我說，「一個人闊了，正如一塊肉腐爛了，蒼蠅蛆蟲都來了。」

「那麼一個人紅了呢？」衣情忽然笑著說。

我知道衣情的話是指紫裳說的。我想有所辯白，但是我中止了。我所想的是我剛才在穆鬍子面前的感想，我正是曾經自比為蒼蠅，繞一個小小圈子總是飛到老地方。

某一種巧合，即使是小小語言上的呼應，可以使人有一種奇怪的感觸，我與衣情現在已經很疏遠，在這個小小的鋪子中倒使我覺得她在某方面還是一個可以談談的人。事實上，關於舵伯的事情，也沒有第二個人可以談了。因為只有衣情是詳細地知道我與舵伯的關係與我們詳細的歷史的。

衣情又談了不少關於舵伯的生活，以及今天廂座上的那些女人。快散戲的時候，衣情伴我去會舵伯。我們一同到一家酒館去吃宵夜。

我不願意詳細敘述那宵夜的場合。但是我發覺在有錢有勢的舵伯面前，詩人、才子與美人都變得庸俗醜惡與可恥起來。好像肉麻的逢迎話都像不朽的詩歌般可以朗誦。

願我一生不要富有，也不要闊綽吧。

我不要他們送我，席散後我就一個人離開他們。我的心黯然若失，我覺得舵伯與我現在實在太遠了。整個的席間，舵伯並沒有與我談到出國的事情，如今我想到，如果我問他拿錢出國，在他恐怕會覺得是同那兩位酸腐的才子向他借錢一樣了吧。

我坐了一輛洋車到那家小旅館，一到房門前就聽見了穆鬍子的鼾聲，我推門進去，開亮了燈。一眼就看見桌上的錢鈔與放在桌邊的穆鬍子簇新的衣裳。

穆鬍子停止了鼾聲，翻了一個身。

我叫醒了他。

「啊？你回來了？」他張開眼睛高興地說。

「怎麼？」

「我贏了錢。」

「你又去賭去了？」

「但是我贏了。你的錢真是吉利！」他哈哈地笑著說，「我要把錢還你，我盤費也有了。」

「這是你的新衣服。」我說，「你買了這許多東西，還有什麼錢去賭。」

「你真是，我是賭贏了才去買東西的，哈哈……」

我想假如他賭輸了又怎麼樣呢？但是我望著他高興的情形，沒有再說什麼。他說：

「怎麼，野壯子，你似乎瘦了不少，難道你現在還有什麼不快樂麼？」穆鬍子在床上坐起，拿起蓋在被上的一件新棉襖披到身上，望著我說。

「我當然不會有你快樂。」我說，「但是你明天不許再賭了。你還預備到北方去麼？」

「我要到很遠很遠的地方去。」

「還是去賣藝麼？」

「再不幹這一行了，沒有出息。」

「那麼你去幹什麼呢？去做賊麼？」

「你知道我以前幹嗎的？」穆鬍子忽然問我。

「我不知道，你沒有同我談起過。」

「我當過兵。」他說，「那還是奉軍進關，我被拉伕拉去的。後來我在少帥部下當兵，打來打去，什麼壞事都學會了，強姦婦女，搶劫百姓。有一身軍裝在身上，誰敢把我們怎樣？現在我偷人家一點東西，竟什麼人都可以抓我去坐牢！」

「但是你偷東西是犯法的。員警自然可以抓你。」

「可是如果我還是兵的話，身上有一支木殼槍，員警敢來抓我？我後來在北京，我們少帥綁漂亮的妞兒，員警在旁邊，也不敢放一個屁。」

「那麼你是想再去當兵了？」我說。

「當兵有什麼出息？一輩子也升不上去。」穆鬍子忽然又說。

「那麼你打算怎麼樣？」

「我可以告訴你，但是你可不要說出去。」他忽然很嚴肅地對我說。

「我一定不告訴別人，你放心。不過我希望你想的是正路。」

「正路？什麼是正路，什麼是歪路？當初我們的連長就告訴我，我們少帥的爸爸就是綠林出身的。他說當兵一輩子就升不上去，還不如去當土匪。」穆鬍子忽然說。

「穆鬍子，」我說，「你可不是說你也想去當土匪？」

「野壯子，你是讀過書的人，我沒有讀過書。我記得我們的連長有句話，天下三百六十行，行行都是讀書人的飯碗，只有兩行是我們不讀書人的飯碗。」

「那是什麼？」我不覺笑了。

「一行是皇帝，一行是奴隸。」穆鬍子說。

「你難道是想做皇帝嗎？」我禁不住笑了起來。

「野壯子，不瞞你說，這個連長現在就在做土匪。他當初就叫我跟他去闖江山，老子不相信他那一套，我想走正路。現在什麼路都絕了，才相信他的話句句是對的。最近我總算打聽到他的情形，我要去投奔他了，聽說他已經有五六百杆槍，真不含糊。」

不知怎麼，穆鬍子的話使我愣了，我想勸他不要去，可是也想不出理由來打動他。穆鬍子忽然望著我說：

「你可不要勸我不去。我穆鬍子在這裡是個癟三，誰也看不起我，到那面可是一個人物了，我跟連長四年，還救過他的命。他當我是頂好的朋友，這個人很夠義氣，他看得起我的，現在他有了五六百杆槍，我去了總可以有點出路的。」

穆鬍子靠在床上，伸出手拿桌上的茶。我過去倒了一杯給他。他伸出他粗壯的手來接茶杯，這時候我看到他多毛的胳膊。我拍拍他的胳膊說：

「好，你去吧。還是你，你到底還有地方好去。」

我說著站起來，房間裡只有一張床，我正想到另外開一間房間。穆鬍子忽然拉住我說：

「怎麼啦，野壯子？你有什麼過不去的事？同我穆鬍子說，我穆鬍子別的沒有，可是夠朋友，咱也不怕坐牢，也不怕吃苦。你要我跟著你，我不去也好。」

「你去，你去，」我說，「老實告訴你，我也不會在這裡長耽，只是沒有地方可去罷了。」

「你要是想離開這裡，野壯子，為什麼不跟我去跑跑。」他說著忽然望著我說，「我可不是勸你也去做土匪。你可以去那面看看，包準你不會吃苦。你想，有五六百杆槍，在山上，還不是土皇帝一樣。我穆鬍子同連長可夠交情，我的兄弟就是他的兄弟。」

「我難道怕吃苦？你也太不認識我了。」

「可是你究竟是讀書人。不像我穆鬍子當過兵，打過仗，做過賊，坐過牢。」

「可是我也不是生了來就去讀書的，而且我比你年輕。」我說著脫去上衣撩起了衣袖說，「你看看我的胳膊，不比你差什麼。」

「那麼你真的想跟我去跑跑了？」

「怎麼樣？你以為我不敢麼？」我興奮地說著，披上了我的上衣。

穆鬍子這時候又喝了一口茶，忽然沉下聲，想一想說：

「我是說著玩的，你怎麼可以去呢？」

「為什麼不能去？」

「你在這裡究竟不會沒有辦法。」

「怎麼你又不願意帶我去了？」

「不是不願意，你想你當我是朋友，我怎麼可以帶你到這麼遠的地方去？我穆鬍子叫做沒有辦法，只好走這條路，你，你……野壯子，剛才的話我只是說著玩的。」穆鬍子忽然改了語調說。

「那麼是你騙我，你並沒有什麼連長不連長在山上，他也並沒有五六百杆槍，你都是撒謊，是不？」我激著他說。

「孫子王八蛋騙你，不瞞你說，我已經搭了線，都沒有問題，就差路費。現在，我穆鬍子一到那裡就寫信給你。」

「好，那麼你這樣不夠朋友，不要我去。」

「好啦，野壯子，你什麼都可以說我罵我，可不要說我不夠朋友。你好好的在這裡，去那面幹什麼？那面雖說他是土皇帝，究竟是山上，哪裡會有上海舒服？你在這裡住慣了，那面生活總是無法過的，將來你要怪我，說我穆鬍子帶你去做土匪，我可怎麼對你交代。」

「那不要管，我一定不會怪你。」

「你不怪我，老江湖也會怪我的。你是一個讀書人，怎麼可以走那條路。」

「你不要橫讀書人豎讀書人地說我，你不相信，咱們比比力氣看。」

「你同我比？」穆鬍子笑了。

「就這樣，我們扳扳胳膊看。」

「真的？」

「要是我贏了，你可不許不帶我去。要是你贏了，我也不想去了。」我說。

「好，好。」穆鬍子說著撩起他粗壯的胳膊。我脫去上衣，走到桌邊，我們的兩肘支在桌上，手握手地較量起來。

我從小都以壯健自誇，但是除了在杜氏祠堂顯過一次本事以後，我曾經被舵伯制服過。現在我第二次顯身手了。可是一上手，我就覺得這幾年來把我弄成嬌弱了。我們力抵力地平衡了大概四五分鐘，看看我要被穆鬍子壓倒了，我故意移動了一下肘骨。穆鬍子說我不該移動。而且穆鬍子在床上，他的位置是有些吃虧的；也許穆鬍子有點輕敵，以為他總是可以取勝，所以並沒有抗議。

這一次，我們的力量平衡了十七八分鐘，穆鬍子滿面紅漲，於是他漸漸不支，最後他的手背終於倒在桌面上了。

「怎麼樣？」我說，「我贏了，你還有話說嗎？」

「好，好，那就聽你的。」

「明天讓我們準備準備，買好船票，後天我們一起走。」

「真的你跟我去？」

「難道是假的？」

「這次不算，我再同你比一次。」

「你已經輸了，不要廢話，早點睡吧。我也要走了。」

我說著，穿上上衣，我預備回到大中飯店去。我說：

三十二

一個人的性格真是註定了一個人的命運。我同穆鬍子這一晚的相處，竟使我覺得同他在一起比當初同舵伯在一起還投機。當初我還年輕，舵伯不能算我朋友，我常常覺得如果以前的我有現在的我一樣的成熟，那些與舵伯一起的日子一定還要過得快活與有趣。可是我的變化並不能限於我的變化，舵伯也在變化，我們已經無法再有以前一樣的日子了。如今碰到穆鬍子，正如以前的舵伯碰到了現在的我，我一瞬間感到了人間並不是如我所想的空虛。

可是人與人的關係有許多是微妙的。心理學家以為一個人之墮入情網，對象往往是嬰孩時代某種好感的人物的影子。一個男人往往因為奶媽的愛護，在長大時候愛上了一個在某一方面像他奶媽的女子。如果我沒有以前與舵伯的一段生活，如果舵伯並沒有闊綽，還是同以前一樣，我想我是決不會引穆鬍子為知己的。

現在想起來這正是我的命運，我的性格並不能使我在所謂高尚的社會中尋到朋友。在舵伯的環境中，我可以交到許多有地位與有學問的朋友，而我同這些人，竟永遠無從接近。可是同穆鬍子，則很快就成了不分彼此的知己。這大概就是我這樣快決定了同穆鬍子遠遊的力量。

我沒有將我遠遊的事情同任何人談起，唯一想告訴的人是紫裳。可是紫裳對我的期望，是我到外國求學，回來走進所謂上等社會去做像她日常所接觸的人們一樣的人物。要是我不告訴她我去什麼地方，我就必須撒謊，那麼不如不說。要是告訴她實話，說我是到土匪窩去，她一定是要阻止我的。最後我也就決定索性不告訴她了。

我在老江湖那裡算清了我應得的錢，我就把我要帶的行李搬到穆鬍子的地方。我仍舊照常地生活了三天，在這期間，我還同小江湖去了一次蘇州，探訪一次黃文娟。我告訴他我要遠行，但叮嚀小江湖暫時不要告訴任何人。我說如果我有回來的日子，希望回來的時候，文娟已經出獄，他們兩個人已經有美麗的家庭。我沒有去訪舵伯，我預備不久會寫封信給他。臨走的前夕，我寫了一封信給老江湖，托小江湖於我走後交給他。第二天我就與穆鬍子上了走長江的輪船了。

我不知道穆鬍子在這三天中到底過些什麼生活，可是上船的時候，他竟非常豪闊。一到船上，安頓好行李以後，他說：

「野壯子，那天我們比手勁，我在床上，上你的當，現在你還有本事同我比麼？」

我看他心裡似乎一直沒有忘掉那件事。我也想看看他究竟有多少實力。

「好的。」我說，「可是我們賭些什麼呢？」

「一百塊現洋。」

「一百塊現洋？」我驚奇了，我說，「你有一百塊現洋？」

「為什麼沒有？」穆鬍子說著從腰包綢帶裡掏出一包黃紙包的現洋說。

「你哪裡來的錢？」

「你不說叫我去賭麼？」他說，「看相的說我會逢到貴人，轉好運。野壯子，這好像命運註定我要靠你的。」

我當時就點出一百元現鈔放在桌上，他已經脫去長袍，捲起衣袖，把兩只衣箱放在艙中。我們於是對坐在床位上，兩肘支在衣箱上開始較量腕力。

你一定會奇怪，為什麼我故事裡把重要的事情忽略了，而把這些瑣碎的小事倒記得如此詳盡。這因為我想說的並不是故事，而是我的生命。一個人的生命往往受很小的際遇的支配，而並不一定因所謂離奇的故事而變化。我們每個人回憶過去，往往對於瑣碎事情的細節，如在目前；而對於似乎重大的變故則反而模糊，這就因為不重要與重要在旁觀者與身受者的感受是不同的。

我與穆鬍子那一天的角力，在當時原是一件不足道的事情，可是在我的印象中竟是如此之深，使我感到以後的生命似乎步步都受這一次角力的影響，而我也就在那一次以後，開始覺得我有一個可靠的朋友，而我在世界上並不孤獨的。

我們力抵力地足足有四十分鐘的時間，彼此面紅耳赤，汗流浹背，但是竟然不分勝負。後來許多茶房與旅客們都來圍觀，大家喝采，彼此實在覺得無法取勝，雙方承認和局，才告結束。不知怎麼，這以後我們的友情似乎突然激增，好像我們同別人打一次架或共過一次患難一樣。穆鬍子以後再也不以讀書人來笑我，他開始教我一些拳擊與摔跤。他說他的摔跤是有名師傳授，三十年來，大江南北尚未碰到過敵手。拳擊則不敢自誇，不過他見過不少名手，知道各種路徑。

對於穆鬍子，我始終以為他是一個目不識丁、性格豪邁、不學無術的人，如今談到拳擊摔跤，江湖人物之來龍去脈，傳奇掌故，始覺得我所知道的世界的狹窄，一切他所見所聞所知的，我正是一竅不通！

船開了以後，在夜裡，我開始想起紫裳來了。我竟後悔我沒有去同她告別。我與紫裳認識以來，這是第一次對她真正的相思。似乎只有在遠離紫裳的時日，我才深深地覺得紫裳是真正愛我的。但是她對我的期望則偏不是我對我自己的期望。我雖然說不出我自己有什麼明確的路要走，但總覺得她希望我在她所接觸的世界中成一個人物，是我所不想也無法辦到的。

思前想後，我發覺愛情真是一種時地的湊合，如果在何老的喪事時期，在守夜的尼庵中，我與紫裳一吻定情，也許以後的生活就完全不同了。如果我們到上海在舵伯面前出現時就已經是未婚夫妻，那麼舵伯與葛衣情的態度也許就會兩樣。我於是想到舵伯第一次同我談話與第二次同我談話的不同，其中一定是受了葛衣情與其他的人們的影響的。問題還在何老在臨終時叫我把紫裳托給舵伯，如果他是托我，也許我的心理會完全不同。偏偏我的性格竟缺少一種氣魄，往往在事情的面前反而猶疑起來，而小江湖的愛紫裳，尤使我多一種沒有理由的考慮。

在無法分析這些前因後果的當兒，我只好推給命運。也許紫裳真是命中註定要成為江湖上的紅角，在一切參差的機會中，她還是向這方面推移的，那麼葛衣情的挑撥也正是命運的一環，沒有她的關係，紫裳也許早同我好，情形當然會有許多不同。等紫裳瞭解葛衣情並不是有真正的愛情的時候，紫裳也許也失去了高貴純潔的情愛了。那時候我們的歡敘只是想挽回我們已失的美夢，然而這已經不是我們當初的愛情了。

如果我當時有些矜持，也許我還會是紫裳夢想中的愛人，如今則什麼都變成庸俗。謠言把我造成了一個最懶惰與沒有出息的人，放在前面的已經是一條走絕的路徑。我痛悔甚至痛恨自己，是我自己親自把神奇的愛情摧毀，只剩了令人不安的回憶中淡淡的輕煙。

以後怎麼樣呢？我無法臆測，但是經過了我以後，紫裳也許不會有愛情了。愛情的真價是靠創造與培養而來，沒有了創造與培養，也就不會有愛情，在這個環境中，紫裳也許就從小小的愛河，滑到逢場作戲的大海中去了。

我開始想寫一封信給紫裳。

在以後幾天中，我一次一次地草改重寫，足足用了我四天的時間，我才寫成一封信，我說：

紫裳：

你大概不會想到我的遠行會是這樣的突兀。但如果不是這樣的突兀，我想我一定沒有勇氣離開你與離開這許多朋友了。

我不知道你從什麼時候起愛我的。我相信現在你仍是愛著我。我們的愛之所以不能非常美麗與完滿，起初我怪別人，後來我怪自己，現在則只好怪命運了。

我雖然讀過些書，但並不能夠到所謂上等社會中去露頭角。你好像一直以為我如果出國幾年，回來後就會是一個有面子的人，可以在你所處的社會中占一席地，不辱沒你在社會中的地位。可是這只是你的天真的想法。事實上我到外國混三四年，回來後恐怕還不及我現在的情形呢。

自從讀書中狀元這個觀念深入民間以來，沒有讀書的人都以為進學校留學是平步青雲的事業。可是在我，讀書竟反而毀了我的前途，我如果一直不去讀書，跟著舵伯混下去，現在舵伯的一半天下都是我的。這個你曾經想到過麼？可是如果真是這樣，我也許反而沒有機會認識你了。那麼，我不是也幸而沒有一直跟舵伯混下去！雖然我們的相愛並不能美滿，可是我們終究是碰到，由相識而相愛了。

你是命定要在舞臺上紅下去的，我也命定不能在「上流社會」裡過冠冕堂皇的生活。這因為我們個性裡有一種無法解釋的素質。舵伯是我最親近的人，但當他變成「成功」的闊人以後，我們間已經無法再有以前的友情。我同他交往竟比同老江湖小江湖以及任何班中的人交往為隔膜。我不願意再向他要任何的幫助。

你是我所愛的人，但自從你紅了以後，我們也再難有以前所理想的愛情，你的好意我將永遠感激，但是我也無法接受，儘管你說我們是不分彼此，可是在我竟覺得比接受舵伯的幫助還難使我安心。

如今我去的地方會是你想不到的地方，也不是你所期望我去的地方。我們的世界也許永遠不會碰頭了。離開你是痛苦的，但是不離開你也許會更給你痛苦。離開你會使我們愛情不美滿，但不離開你也許我們的愛情會變成了醜惡。那麼請你原諒我這無法說明的苦衷吧。

我也許還會回來，但那時候我已經不會是現在的我，你也不會是現在的你，如果那時候我們還是相愛，而對於現在的我們彼此可以諒解，那麼命運也許仍會把我們安排在一起的。

那麼，再見了，親愛的。你雖不在我的旁邊，你的愛會長在我的心底。我帶著你給我的你的無比柔長的頭髮，在我渺茫的流浪生活中，它始終會是我唯一的溫暖與慰藉。

祝您：無比無比的美麗。

野壯子

我於登陸的時候把這封信寄出，以後我們有兩天長途汽車的生活。天氣很冷，沒有太陽，到下午竟下起雪來，在濘滑的公路走了好幾個鐘頭，四周的景色越來越荒蕪了。傍晚我們在一個鎮上宿了一宵，第二天一早又登上旅程。地上都是積雪，幸而十點鐘的時候有了太陽，可是積雪一溶，路更難走，車子開得很慢。三點鐘的時候我們下車，雇了一個挑夫，穆鬍子告訴我還有二十里步行的路程。一直到傍晚時分，我們才到了一個叫做竇公集的小集，穆鬍子帶我進了一家客店。這家客店只有一個放著八張竹榻的房間，三個竹榻上已經有人，我們就占了兩張。當時我又冷又餓又累，穆鬍子叫了兩碗麵，我吃了麵，倒在竹榻上就睡著了。第二天穆鬍子先起床，竹榻咯吱咯吱作響，就把我吵醒。

上午我們到外面跑了一會。這是荒僻的地區，周圍都是灰黃的一片，沒有一絲綠色。這個集子不大，四鄰不過百來戶人家，都是黃泥的房子，幾乎看不見一塊磚瓦。集上兩條泥濘的路，走著懶洋洋的人們，沒有一個人有比較整齊的衣著。如今我才知道我一生是在富裕的地區生長，並沒有接觸到廣大的人間。這周圍對我是非常陌生，可是穆鬍子似乎對一切都熟稔，我也就把我整個的前途交他帶領了。

中午穆鬍子帶我進一家比較有人煙的茶館裡，我們吃了一些東西，一直坐在那裡。他跑來跑去搭三搭四地同掌櫃的談了許久，到黃昏時候，他好像已經是熟主顧一樣，同四周的人都交談起來。在茶館點上了油燈時，他居然弄來一點土酒與羊頭肉請我喝酒。他的興致很高，看我緘默無言，問我是不是在後悔跟他同來。我不否認我有點想念上海，但是我並沒有後悔離開上海。

回到客店已經不早，在灰黯的油燈下，穆鬍子一面脫鞋子，一面告訴我明天五更就可以上山了，他叫我早點就寢。

我在農村裡長大，流浪過大小的鎮集，也睡過狹小的船艙，擁擠的帳篷，但竟從未有我那一夜這樣的淒涼與落寞。昨天我實在太累，所以倒在榻上就睡著了；今夜我忽然失眠起來，每一次翻身，竹榻就咯吱咯吱發響。我想到上海，這時候恒新舞臺當是剛剛開鑼，光亮溫暖的燕子窩裡，老江湖與韓琴師也許正談到我。紫裳也該接到我的信了，到底是在想我還是恨我呢？

我自然還想到舵伯與衣情，我知道舵伯會毫不在乎，他也許相信我是會回去的。只有衣情，她的感覺是我所無法猜想的。我忽然想到她總是關心我的一個人，我為什麼不寫封信給她呢？

在這樣胡思亂想之中，我開始後悔我不該離開我所熟悉的都市了。我甚至想到明天就與穆鬍子分道，獨自回上海去。可是這只是一時的衝動，接下去我就責備自己的懦弱了。我忽然想到也許讀書真是害了我。當初船板上的生活並不比現在舒服，可是我竟會那樣愉快。我知道如今即使回到我父親的環境中，恐怕我也是無法生活的。我聽著穆鬍子的鼾聲，覺得我應當學他的爽朗不在乎的態度才對。於是我想到上山以後的生活，那麼我為什麼不能學打家劫舍殺人放火呢？我想到歷史上的帝皇，我想到劍俠小說裡劫富濟貧的人物，我想到那些土匪出身的軍閥，還有在作威作福的大帥少帥。那麼為什麼我不能去做土匪呢？

夜是死寂的，房頂上有耗子的聲音，視窗映著灰黯的天色，忽然，我在灰黯的天色中發現了一顆小小的星光。

凝視著這個星光，我開始有點倦意。我翻一個身，就昏昏地入睡了。

徐訏文集・小說卷03 PG1433

江湖行（上）

作　者	徐　訏
主　編	蔡登山
責任編輯	李冠慶
圖文排版	楊家齊
封面設計	王嵩賀

出版策劃	釀出版
製作發行	秀威資訊科技股份有限公司 114 台北市內湖區瑞光路76巷65號1樓 電話：+886-2-2796-3638　傳真：+886-2-2796-1377 服務信箱：service@showwe.com.tw http://www.showwe.com.tw
郵政劃撥	19563868　戶名：秀威資訊科技股份有限公司
展售門市	國家書店【松江門市】 104 台北市中山區松江路209號1樓 電話：+886-2-2518-0207　傳真：+886-2-2518-0778
網路訂購	秀威網路書店：http://www.bodbooks.com.tw 國家網路書店：http://www.govbooks.com.tw
法律顧問	毛國樑　律師
總 經 銷	聯合發行股份有限公司 231新北市新店區寶橋路235巷6弄6號4F 電話：+886-2-2917-8022　傳真：+886-2-2915-6275

出版日期	2015年9月　BOD一版
定　價	330元

國家圖書館出版品預行編目

江湖行 / 徐訏著. -- 一版. -- 臺北市 : 釀出版,
2015.09
冊 ; 公分. -- (徐訏文集. 小說卷 ; 3-5)
BOD版
ISBN 978-986-445-036-7(全套 : 平裝). --
ISBN 978-986-445-037-4(上冊 : 平裝). --
ISBN 978-986-445-038-1(中冊 : 平裝). --
ISBN 978-986-445-039-8(下冊 : 平裝)

861.57 104012719

讀者回函卡

感謝您購買本書，為提升服務品質，請填妥以下資料，將讀者回函卡直接寄回或傳真本公司，收到您的寶貴意見後，我們會收藏記錄及檢討，謝謝！
如您需要了解本公司最新出版書目、購書優惠或企劃活動，歡迎您上網查詢或下載相關資料：http:// www.showwe.com.tw

您購買的書名：________________________________
出生日期：________年________月________日
學歷：□高中（含）以下　□大專　□研究所（含）以上
職業：□製造業　□金融業　□資訊業　□軍警　□傳播業　□自由業
　　　□服務業　□公務員　□教職　□學生　□家管　□其它_____
購書地點：□網路書店　□實體書店　□書展　□郵購　□贈閱　□其他
您從何得知本書的消息？
□網路書店　□實體書店　□網路搜尋　□電子報　□書訊　□雜誌
□傳播媒體　□親友推薦　□網站推薦　□部落格　□其他__________
您對本書的評價：（請填代號　1.非常滿意　2.滿意　3.尚可　4.再改進）
封面設計____　版面編排____　內容____　文／譯筆____　價格____
讀完書後您覺得：
□很有收穫　□有收穫　□收穫不多　□沒收穫

對我們的建議：________________________________

____

____

____

請貼
郵票

11466
台北市內湖區瑞光路 76 巷 65 號 1 樓
秀威資訊科技股份有限公司 收
BOD 數位出版事業部

……………………………………………………………………………

（請沿線對折寄回，謝謝！）

姓　名：＿＿＿＿＿＿＿　年齡：＿＿＿　性別：□女　□男

郵遞區號：□□□□□

地　址：＿＿＿＿＿＿＿＿＿＿＿＿＿＿＿＿

聯絡電話：(日)＿＿＿＿＿＿＿＿ (夜)＿＿＿＿＿＿＿＿

E-mail：＿＿＿＿＿＿＿＿＿＿＿＿＿＿＿＿